Kadokawa Fantastic Novels
U0025622
續・魔法科高中的劣等生
魔法人聯社
The irregular at magic high school
Magian Company
3
佐島 勤
Tsutomu Sato
illustration／石田可奈
Kana Ishida
illustrator assistant／ジミー・ストーン、末永康子

KEYWORDS

分身

製作和自身外型一模一樣的合成體，使其具備五感或幻術攻擊能力的魔法。
從現代魔法的觀點來看，是一種術式冗贅的古老魔法，卻可以持續提供戰鬥輔助，這是現代魔法沒有的特點。
即使合成體受到攻擊，主體也不會直接受傷，但是因為合成體擁有五感，所以受到攻擊會感到疼痛。此外，在對付精神干涉系魔法的時候，敵方恐怕會透過合成體攻擊術士的精神。

元老院

日本幕後的「陰」之掌權者集團。別名「玄老院」。目的是保護這個國家「表」的秩序不會被「裡」的力量——例如怪異、妖魔或步入歧途的魔法師侵害。
元老院將各種「擁有力量的人」納入掌控。四葉家也是其中之一。
元老院的人數不固定，在十人至十五人之間變動。
其中發言最具分量的四家當家稱為「四大老」，從元老院成立當初就穩坐這個地位。
四葉家的贊助者，莉娜歸化時將她收為養女的東道青波是四大老之一。

第三隻眼II

以昔日國防陸軍一〇一旅獨立魔裝大隊所研發，搭載長程瞄準輔助系統的CAD「第三隻眼」為基礎，四葉家獨自組裝製作的步槍型CAD。
配合達也使用的戰略級魔法「質量爆散」最佳化，可以進行數億公里遠的超長程瞄準。

九島光宣

和達也決戰之後，陪伴水波沉眠。現在和水波一起在衛星軌道上協助達也。

櫻井水波

光宣的戀人。
曾經陪伴光宣沉眠，現在和光宣共同生活。

朝著距離三億公里遠的目標，
產生超破壞力的質能轉換魔法。
「質量爆散」的魔法式，
達也花費一秒的時間仔細建構，
施放在目標對象的彗星表面。

成為世界最強的哥哥。
絕對信任哥哥的妹妹。
這對兄妹為了實現理想的社會而踏出一步時，

混亂與變革的每一天就此揭開序幕——

魔法人聯社 3

續・魔法科高中的劣等生

The irregular at magic high school Magian Company

佐島 勤
Tsutomu Sato
illustration
石田可奈
Kana Ishida

Kadokawa Fantastic Novels

司波達也

魔法大學三年級。
打倒數名戰略級魔法師，向世人展現實力的
「最強魔法師」。深雪的未婚夫。
擔任魔法人協進會的副代表，
成立魔法人聯社。

司波深雪

魔法大學三年級。
四葉家的下任當家。達也的未婚妻。
擅長冷卻魔法。
擔任魔法人聯社的理事長。

安潔莉娜・庫都・希爾茲

魔法大學三年級。
前USNA軍STARS總隊長安吉・希利鄔斯。
歸化日本，擔任深雪的護衛，
和達也、深雪共同生活。

九島光宣

和達也決戰之後，陪伴水波沉眠。
現在和水波一起在衛星軌道上
協助達也。

櫻井水波

光宣的戀人。
曾經陪伴光宣沉眠，
現在和光宣共同生活。

藤林響子

從國防軍退役，在四葉家從事研究工作。
二一〇〇年進入魔法人聯社就職。

遠上遼介

隸屬於USNA政治結社「FEHR」的日本青年。
在溫哥華留學期間，
熱中於「FEHR」的活動，從大學中輟。
使用失數家系「十神」的魔法。

蕾娜・費爾

USNA政治結社「FEHR」的首領。
別名「聖女」，擁有超凡的領袖氣質。
實際年齡三十歲，
看起來卻只像是十六歲左右。

艾莎・錢德拉塞卡

戰略級魔法「神焰沉爆」的發明人。
和達也共同設立「魔法人協進會」，
擔任代表。

愛拉・克里希納・夏斯特里

錢德拉塞卡的護衛，
已習得「神焰沉爆」的
非公認戰略級魔法師。

一条將輝

魔法大學三年級。
十師族一条家的下任當家。

十文字克人

十師族十文字家的當家。
進入自家的土木公司擔任幹部。
達也形容為「如同巨巖的人物」。

七草真由美

十師族七草家的長女。
從魔法大學畢業之後，進入七草家相關企業工作，
後來轉職進入魔法人聯社。

西城雷歐赫特

從第一高中畢業之後，就讀通稱「救難大」的
克災救難大學。達也的朋友。
擅長硬化魔法。個性開朗。

千葉艾莉卡

魔法大學三年級。達也的朋友。
可愛的闖禍大王。

吉田幹比古

魔法大學三年級。出自古式魔法名門。
從小就認識艾莉卡。

柴田美月

從第一高中畢業之後，升學就讀設計學校。
達也的朋友。罹患靈子放射光過敏症。
有點少根筋的認真少女。

光井穗香

魔法大學三年級。
擅長光波振動系魔法。心儀達也。
一旦擅自認定後就頗為一意孤行。

北山雫

魔法大學三年級學生。從小和穗香情同姊妹。
擅長振動與加速系魔法。
情緒起伏鮮少展露於言表。

四葉真夜

達也與深雪的姨母。
四葉家現任當家。

葉山

服侍真夜的高齡管家。

黑羽亞夜子

魔法大學二年級。文彌的雙胞胎姊姊。
從第四高中畢業時，公開自己和四葉家的關係。

黑羽文彌

魔法大學二年級。和姊姊亞夜子是雙胞胎。
從第四高中畢業時，公開自己和四葉家的關係。
乍看只像是中性女性的俊美青年。

花菱兵庫

服侍四葉家的青年管家。
四葉家次席管家花菱的兒子。

七草香澄

魔法大學二年級。
七草真由美的妹妹。泉美的雙胞胎姊姊。
個性活潑開朗。

七草泉美

魔法大學二年級。
七草真由美的妹妹。香澄的雙胞胎妹妹。
個性成熟穩重。

洛基・狄恩

FAIR 的首領。表面上是義大利裔的風雅男子，
具備好戰又殘虐的一面。
派人竊取恆星爐所使用的人造聖遺物，
但是真正目的還不得而知。

蘿拉・西蒙

擁有歸類為妖術或巫術的能力，
北非裔的美女。
洛基・狄恩的心腹兼情人。

吳內杏

進人類戰線的領袖。
擁有特殊的異能。

深見快宥

進人類戰線的副領袖。

Glossary
用語解說

一科生的徽章

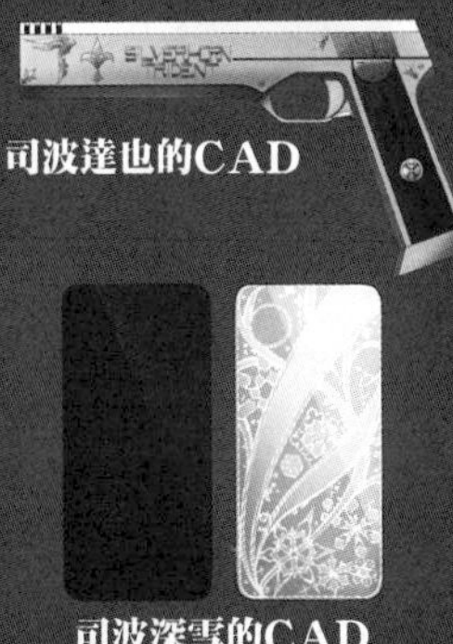
司波達也的CAD

司波深雪的CAD

魔法科高中
國立魔法大學附設高中的通稱，全國總共設立九所學校。
其中的第一至第三高中，每學年招收兩百名學生，
並且分為一科生與二科生。

花冠、雜草
第一高中用來形容一科生與二科生階級差異的隱語。
一科生制服的左胸口繡著以八枚花瓣組成的徽章，
不過二科生制服沒有。

CAD
簡化魔法發動程序的裝置，
內部儲存使用魔法所需的程式。
分成特化型與泛用型，外型也是各有不同。

Four Leaves Technology〔FLT〕
國內一家CAD製造公司。
原本該公司製造的魔法工學零件比成品有名，
但在開發「銀式」之後，
搖身一變成為知名的CAD製造公司。

托拉斯・西爾弗
短短一年就讓特化型CAD的軟體技術進步十年，
而為人所稱頌的天才技師。

Eidos〔個別情報體〕
原為希臘哲學用語。在現代魔法學，個別情報體指的是
「伴隨事物現象而來的情報」，是「事象」曾經存在於
「世界」的記錄，也可以說是「事象」留在「世界」的足跡。
依照現代魔法學的定義，「魔法」就是修改個別情報體，
藉以改寫個別情報體所代表的「事象」的技術。

Idea〔情報體次元〕
原為希臘哲學用語。在現代魔法學，情報體次元指的是「用來記錄個別情報體的平台」。
魔法的原始形態，就是將魔法式輸入這個名為「情報體次元」的平台，
改寫平台裡「個別情報體」的技術。

啟動式
為魔法的設計圖，用來構築魔法的程式。
啟動式的資料檔案，是以壓縮形式儲存在CAD，魔法師輸入想子波展開程式之後，
啟動式會依照資料內容轉換為訊號，並且回傳給魔法師。

想子
位於靈異現象次元的非物質粒子，記錄認知與思考結果的情報元素。
成為現代魔法理論基礎的「個別情報體」，成為現代魔法骨幹的「啟動式」和
「魔法式」技術，都是由想子建構而成。

靈子
位於靈異現象次元的非物質粒子。雖然已經確認其存在，但是形態與功能尚未解析成功。
一般的魔法師，頂多只能「感覺到」活化狀態的靈子。

魔法師
「魔法技能師」的簡稱。能將魔法施展到實用等級的人，統稱為魔法技能師。

魔法式
用來暫時改變伴隨事物現象而來的情報之情報體。由魔法師持有的想子構築而成。

魔法演算領域

構築魔法式的精神領域，也就是魔法資質的主體。該處位於魔法師的潛意識領域，魔法師平常可以意識到魔法演算領域並且使用，卻無法意識到內部的處理過程。對魔法師本人來說，魔法演算領域也堪稱是個黑盒子。

魔法式的輸出程序

❶從CAD接收啟動式，這個步驟稱為「讀取啟動式」。
❷在啟動式加入變數，送入魔法演算領域。
❸依照啟動式與變數構築魔法式。
❹將構築完成的魔法式，傳送到潛意識領域最上層暨意識領域最底層的「基幹」，從意識與潛意識之間的「閘門」輸出到情報體次元。
❺輸出到情報體次元的魔法式，會干涉指定座標的個別情報體進行改寫。

「實用等級」魔法師的標準，是在施展單一系統暨單一工序的魔法時，於半秒內完成這些程序。

魔法的評價基準（魔法力）

構築想子情報體的速度是魔法的處理能力、
構築情報體的規模上限是魔法的容納能力、
魔法式改寫個別情報體的強度是魔法的干涉能力，
這三項能力總稱為魔法力。

始源碼假說

主張「加速、加重、移動、振動、聚合、發散、吸收、釋放」四大系統八大種類的魔法，各自擁有正向與負向共計十六種基礎魔法式，以這十六種魔法式搭配組合，就能構築所有系統魔法的理論。

系統魔法

歸類為四大系統八大種類的魔法。

系統外魔法

並非操作物質現象，而是操作精神現象的魔法統稱。
從使喚靈異存在的神靈魔法、精靈魔法，或是讀心、靈魂出竅、意識操控等，包括的種類琳琅滿目。

十師族

日本最強的魔法師集團。一条、一之倉、一色、二木、二階堂、二瓶、三矢、三日月、四葉、五輪、五頭、五味、六塚、六角、六鄉、六本木、七草、七寶、七夕、七瀨、八代、八朔、八幡、九島、九鬼、九頭見、十文字、十山共二十八個家系，每四年召開一次「十師族甄選會議」，選出的十個家系就稱為「十師族」。

含數家系

如同「十師族」的姓氏有一到十的數字，「百家」之中的主流家系姓氏也有十一以上的數字，例如「『千』代田」、「『五十』里」、「『千』葉」家。
數字大小不代表實力強弱，但姓氏有數字就代表血統純正，可以作為推測魔法師實力的依據之一。

失數家系

亦被簡稱「失數」，是「數字」遭受剝奪的魔法師族群。
昔日魔法師被視為兵器暨實驗樣本的時候，評定為「成功案例」得到數字姓氏的魔法師，要是沒有立下「成功案例」應有的成績，就得接受這樣的烙印。

各式各樣的魔法

● 悲嘆冥河
凍結精神的系統外魔法。凍結的精神無法命令肉體死亡，
中了這個魔法的對象，肉體將會隨著精神的「靜止」而停止、僵硬。
依照觀測，精神與肉體的相互作用，也可能導致部分肉體結晶化。

● 地鳴
以獨立情報體「精靈」為媒介振動地面的古式魔法。

● 術式解散
把建構魔法的魔法式，分解為構造無意義的想子粒子群的魔法。
魔法式作用於伴隨事象而來的情報體，基於這種性質，魔法式的情報結構一定會曝光，無法防止外力進行干涉。

● 術式解體
將想子粒子群壓縮成塊，不經由情報體次元直接射向目標物引爆，摧毀目標物的啟動式或魔法式這種紀錄魔法的想子情報體，屬於無系統魔法。
即使歸類為魔法，但只是一種想子砲彈，結構不包含改變事象的魔法式，因此不受情報強化或領域干涉的影響。此外，砲彈本身的壓力也足以反彈演算干擾的影響。由於完全沒有物理作用力，任何障礙物都無法防堵。

● 地雷原
泥土、岩石、砂子、水泥，不拘任何材質，
總之只要是具備「地面」概念的固體，就能施以強力振動的魔法。

● 地裂
由獨立情報體「精靈」為媒介，以線形壓潰地面，
使地面乍看之下彷彿裂開的魔法。

● 乾冰雹暴
聚集空氣中的二氧化碳製作成乾冰粒，
將凍結過程剩餘的熱能轉換為動能，高速射出乾冰粒的魔法。

● 迅襲雷蛇
在「乾冰雹暴」製造乾冰顆粒時，凝結乾冰氣化產生的水蒸氣，
溶入二氧化碳氣體使其形成高導電霧，再以振動系與釋放系魔法產生摩擦靜電。以溶入碳酸的水霧或水滴為導線，朝對方施展電擊的組合魔法。

● 冰霧神域
振動減速系廣域魔法。冷卻大容積的空氣並操縱其移動，
造成廣範圍的凍結效果。
簡單來說，就像是製造超大冰箱一樣。
發動時產生的白霧，是在空中凍結的冰或乾冰。
但要是提升層級，有時也會混入凝結為液態氮的霧。

● 爆裂
將目標物內部液體氣化的發散系魔法。
如果是生物就是體液氣化導致身體破裂，
如果是以內燃機為動力的機械就是燃料氣化爆炸。
燃料電池也不例外。即使沒有搭載可燃的燃料，無論是電池液、油壓液、冷卻液或潤滑液，世間沒有機械不搭載任何液體，因此只要「爆裂」發動，幾乎所有機械都會毀損而停止運作。

● 亂髮
不是指定角度改變風向，而是為了造成「絆腳」的含糊結果操作氣流，以極接近地面的氣流促使草葉纏住對方雙腳的古式魔法。只能在草長得夠高的原野使用。

魔法劍

使用魔法的戰鬥方式，除了以魔法本身為武器作戰，還有以魔法強化、操作武器的技術。
以魔法配合槍、弓箭等射擊武器的術式為主流，不過在日本，劍技與魔法組合而成的「劍術」也很發達。
現代魔法與古式魔法兩種領域，都開發出堪稱「魔法劍」的專用魔法。

1.高頻刃

高速振動刀身，接觸物體時傳導超越分子結合力的振動，將固體局部液化之後斬斷的魔法。和防止刀身自我毀壞的術式配套使用。

2.壓斬

使劍尖朝揮砍方向的水平兩側產生排斥力，將劍刃接觸的物體像是左右推壓般割斷的魔法。排斥力場細得未滿一公釐，強度卻足以影響光波，因此從正面看劍尖是一條黑線。

3.童子斬

被視為源氏祕劍而相傳至今的古式魔法。遙控兩把刀再加上手上的刀，以三把刀包圍對手並同時砍下的魔法劍技。以同音的「童子斬」隱藏原本「同時斬」的意義。

4.斬鐵

千葉一門的祕劍。不是將刀視為鋼塊或鐵塊，而是定義為「刀」這種單一概念，依循魔法式所設定的刀路而動的移動系統魔法。被定義為單一概念的「刀」如同單分子結晶之刃，不會折斷、彎曲或缺角，將會沿著刀路劈開所有物體。

5.迅雷斬鐵

以專用武裝演算裝置「雷丸」施展的「斬鐵」進化型。將刀與劍士定義為單一集合概念，因此從接觸敵人到出招的一連串動作，都能毫無誤差地高速執行。

6.山怒濤

以全長一八〇公分的大型專用武器「大蛇丸」所施展的千葉一門的祕劍。將己身與刀的慣性減低到極限並高速接近對手，在交鋒瞬間將至今消除的慣性疊加，提升刀身慣性後砍向對方。這股偽造的慣性質量和助跑距離成正比，最高可達十噸。

7.薄翼蜻蜓

將奈米碳管編織為厚度十億分之五公尺的極致薄膜，再以硬化魔法固定為全平面而化為刀刃的魔法。薄翼蜻蜓製成的刀身比任何刀劍或剃刀都要銳利，但術式不支援揮刀動作，因此術士必須具備足夠的刀劍造詣與臂力。

魔法技能師開發研究所

西元二〇三〇年代，日本政府因應第三次世界大戰當前而緊張化的國際情勢，接連設立開發魔法師的研究所。研究目的不是開發魔法，始終是開發魔法師，為了製造出最適合使用所需魔法的魔法師，基因改造也在研究範圍。

魔法技能師開發研究所設立了第一至第十共十所，至今依然有五所運作中。

各研究所的細節如下所述：

魔法技能師開發第一研究所

二〇三一年設立於金澤市，現在已關閉。

開發主題是進行對人戰鬥時直接干涉生物體的魔法。氣化魔法「爆裂」是衍生形態之一。不過，操作人體動作的魔法可能會引發傀儡攻擊（操作他人進行的自殺式恐怖攻擊），因此禁止研發。

魔法技能師開發第二研究所

二〇三一年設立於淡路島，運作中。

和第一研的主題成對，開發的魔法是干涉無機物的魔法。尤其是關於氧化還原反應的吸收系魔法。

魔法技能師開發第三研究所

二〇三二年設立於厚木市，運作中。

目的是開發出能獨力應付各種狀況的魔法師，致力於多重演算的研究。尤其竭力實驗測試可以同時發動、連續發動的魔法數量極限，開發可以同時發動複數魔法的魔法師。

魔法技能師開發第四研究所

詳情不明，推測位於前東京都與前山梨縣的界線附近，設立時間則估計是二〇三三年。現在宣稱已經關閉，而實際狀況也不明。只有前第四研不是由政府，是對國家具備強大影響力的贊助者設立。傳聞現在該研究所從國家獨立出來，接受贊助者的支援繼續運作，也傳聞該贊助者實際上從二〇二〇年代之前就經營著該研究所。

據說其研究目標是試圖利用精神干涉魔法，強化「魔法」這種特異能力的源泉，也就是魔法師潛意識領域的魔法演算領域。

魔法技能師開發第五研究所

二〇三五年設立於四國的宇和島市，運作中。

研究的是干涉物質形狀的魔法。主流研究是技術難度較低的流體控制，但也成功研究出干涉固體形狀的魔法。其成果就是和USNA共同開發的「巴哈姆特」。加上流體干涉魔法「深淵」，該研究所開發出兩個戰略級魔法，是國際聞名的魔法研究機構。

魔法技能師開發第六研究所

二〇三五年設立於仙台市，運作中。

研究如何以魔法控制熱量。和第八研同樣偏向是基礎研究機構，相對的缺乏軍事色彩。不過除了第四研，據說在魔法技能師開發研究所之中，第六研進行基因改造實驗的次數最多（第四研實際狀況不明）。

魔法技能師開發第七研究所

二〇三六年設立於東京，現在已關閉。

主要開發反集團戰鬥用的魔法，群體控制魔法為其成果。第六研的軍事色彩不強，促使第七研成為兼任戰時首都防衛工作的魔法師開發研究設施。

魔法技能師開發第八研究所

二〇三七年設立於北九州市，運作中。

研究如何以魔法操作重力、電磁力與各種強弱不同的交互作用力。基礎研究機構的色彩比第六研更濃厚，但是和國防軍關係密切，這一點和第六研不同。部分原因在於第八研的研究內容很容易連結到核武開發，在國防軍的保證之下，才免於被質疑暗中開發核武。

魔法技能師開發第九研究所

二〇三七年設立於奈良市，現在已關閉。

研究如何將現代魔法與古式魔法融合，試圖藉由讓現代魔法吸收古式魔法的相關知識，解決現代魔法不擅長的各種課題（例如模糊不明確的術式操作）。

魔法技能師開發第十研究所

二〇三九年設立於東京，現在已關閉。

和第七研同樣兼具防衛首都的目的，研究如何在空間產生虛擬結構物的領域魔法，作為遭遇高火力攻擊的防禦手段。各式各樣的反物理護壁魔法為其成果。

此外，第十研試圖使用不同於第四研的手段激發魔法能力。具體來說，他們致力開發的魔法師並非強化魔法演算領域本身，而是能讓魔法演算領域暫時超頻，因應需求使用強力的魔法。但是成功與否並未公開。

除了上述十間研究所，開發元素家系的研究所從二〇一〇年代運作到二〇二〇年代，但現今全部關閉。此外，國防軍在二〇〇二年設立直屬於陸軍總司令部的祕密研究機構，至今依然獨自進行研究。九島烈加入第九研之前，都在這個研究機構接受強化處置。

戰略級魔法師——十三使徒

現代魔法是在高度科技之中培育而成，
因此能開發強力軍事魔法的國家有限，
導致只有少數國家能開發匹敵大規模破壞武器的戰略級魔法。
不過，開發成功的魔法會提供給同盟國，
高度適合使用戰略級魔法的同盟國魔法師，也可能認證為戰略級魔法師。
在二〇九五年四月，各國認定適合使用戰略級魔法，並且對外公開身分的魔法師共十三名。
他們被稱為「十三使徒」，公認是世界軍事平衡的重要因素。
在二一〇〇年的時間點，各國公認的戰略級魔法師如下所述：

USNA

■安吉．希利鄔斯：「重金屬爆散」
■艾里歐特．米勒：「利維坦」
■羅蘭．巴特：「利維坦」
※其中只有安吉．希利鄔斯任職於STARS。
艾里歐特．米勒位於阿拉斯加基地，羅蘭．巴特位於國外的直布羅陀基地，
兩人基本上不會出動。

新蘇維埃聯邦

■伊果．安德烈維齊．貝佐布拉佐夫：「水霧炸彈」
※二〇九七年被推定已經死亡，但是新蘇聯否定這個猜測。
■列昂尼德．肯德拉切科：「大地紅軍」
※肯德拉切科年事已高，基本上不會離開黑海基地。

大亞細亞聯盟

■劉麗蕾：「霹靂塔」
※劉雲德已於二〇九五年十月三十一日的對日戰鬥中戰死。

印度、波斯聯邦

■巴拉特．錢德勒．坎恩：「神焰沉爆」

日本

■五輪 澪：「深淵」
■一条將輝：「海爆」
※二〇九七年由政府認定是戰略級魔法師。

巴西

■米吉爾．迪亞斯：「同步線性融合」
※魔法式為USNA提供。二〇九七年之後音訊全無，但是巴西否認這個說法。

英國

■威廉．馬克羅德：「臭氧循環」

德國

■卡拉．施米特「臭氧循環」
※臭氧循環的原型，是分裂前的歐盟因應臭氧層破洞而共同研發的魔法，
後來由英國完成，依照協定向前歐盟各國公開魔法式。

土耳其

■阿里．夏亨：「巴哈姆特」
※魔法式為USNA與日本所共同開發完成，由日本主導提供。

泰國

■梭姆．查伊．班納克：「神焰沉爆」
※魔法式為印度、波斯聯邦提供。

STARS簡介

USNA軍統合參謀總部直屬魔法師部隊。共有十二部隊，
隊員依照星星的亮度分成不同階級。
部隊長各自獲頒一等星的稱號。

●STARS的組織體系

1. 各部隊地位沒有高低之別。
2. 指揮權集中在總隊長，但實際上經常由基地司令下令。
3. 各隊隊長底下配屬恆星級、星座級、行星級、衛星級的隊員。總隊長沒有直屬部下。
4. 「PLANET STAFF」是以行星級成員組成的支援部隊。有時候不會動用恆星級隊員，只派出PLANET STAFF。
   希兒薇雅隸屬於PLANET STAFF。
5. STARDUST分發的基地不同。

企圖暗殺總隊長安吉・希利鄔斯的隊員們

●亞歷山大・艾克圖魯斯
第三隊隊長。上尉。繼承相當純正的北美大陸原住民血統。
和雷谷魯斯並列為本次叛亂的主嫌。

●雅各・雷谷魯斯
第三隊一等星級隊員。中尉。擅長使用近似步槍的武裝演算裝置發射
高能量紅外線雷射彈「雷射狙擊」。

●夏綠蒂・貝格
第四隊隊長。上尉。比莉娜大十歲以上，卻因為階級不如莉娜而心懷不滿。
和莉娜相處得不太好。

●佐伊・斯琵卡
第四隊一等星級隊員。中尉。東洋血統的女性。使用的是投擲尖細力場的「分子切割投擲槍」，
堪稱「分子切割」的改編版。

●蕾拉・迪尼布
第四隊一等星級隊員。少尉。北歐血統的高䠷窈窕女性。
擅長短刀搭配手槍的複合攻擊。

魔法人聯社（Magian Company）

國際互助組織「魔法人協進會（Magian Society）」於二一〇〇年四月二十六日設立的一般社團法人，主要功能是以具體行動實現該協進會的目的——魔法資質擁有者的人權自衛。根據地設於日本的町田，由司波深雪擔任理事長，司波達也擔任常務理事。

成立已久的魔法協會也是類似的國際組織，不過魔法協會的主要目的是保護實用等級的魔法師，相對的，魔法人聯社是協助擁有魔法資質的人（無論在軍事上是否有用）開拓大顯身手的管道，屬於非營利法人。具體來說預定朝兩個方向拓展事業，分別是傳授魔法人實務知識的魔法師非軍事職業訓練事業，以及介紹工作使其一展長才的非軍事職業介紹事業。

FEHR

政治結社「Fighters for the Evolution of Human Race」（人類進化守護戰士）的簡稱。是在二〇九五年十二月為了對抗逐漸激進的「人類主義者」而設立。總部座落在溫哥華，代表人蕾娜．費爾別名「聖女」，擁有超凡的領袖氣質。和魔法人協進會一樣，該結社的目的是從反魔法主義的魔法師排斥運動保護魔法師的安全。

反應護甲

被前第十研驅逐的失數家系「十神」的魔法。是一種個體裝甲魔法，裝甲一受損就會重新建構，同時獲得「和受損原因相同種類的攻擊」的抵抗力。

FEIR

表面上和FEHR相同，是在USNA進行活動，為了保護同胞而對抗反魔法主義者的團體。然而實際上是鄙視無法使用魔法的人們，為了自身權利不惜動用暴力的魔法至上主義激進派集團。不為人知的正式名稱是「Fighters Against Inferior Race」。

進人類戰線

原本是被FEHR領袖蕾娜．費爾感化的日本人所設立的團體，目的是保護魔法師不被反魔法主義迫害。不同於反對訴諸暴力的FEHR，該團體認為如果政治或法律無意阻止魔法師遭受迫害，某種程度的違法行為是必要手段。創立時的首任領袖斷然發起的示威行動，使得該團體一度被迫解散，後來重新集結成為地下組織。名稱不是「新人類」而是「進人類」，反映該團體「魔法師不只是新世代的人類，更是進化後的人類」的自我意識。

聖遺物

擁有魔法性質的歐帕茲總稱。分別具備特有性質，長久以來就算使用現代技術也難以重現。出土地點遍布世界各地，包括阻礙魔法發動的「晶陽石」或是性質上可以儲存魔法式的「瓊勾玉聖遺物」等等，種類繁多。「瓊勾玉聖遺物」解析完畢之後，成功複製出可以儲存魔法式的聖遺物。人造聖遺物「儲魔具」成為恆星爐運作的系統核心。

成功製作人造聖遺物的現在，聖遺物依然有許多未解之謎，國防軍與國立魔法大學等機構持續進行研究。

The International Situation

二一〇〇年現在的世界情勢

以全球寒冷化為直接契機的第三次世界大戰——二十年世界連續戰爭大幅改寫了世界地圖。世界現狀如下所述：

USA合併了加拿大以及墨西哥到巴拿馬等各國，組成北美利堅大陸合眾國（USNA）。

俄羅斯再度吸收烏克蘭與白俄羅斯，組成新蘇維埃聯邦（新蘇聯）。

中國征服緬甸北部、越南北部、寮國北部以及朝鮮半島，組成大亞細亞聯盟（大亞聯盟）。

印度與伊朗併吞中亞各國（土庫曼、烏茲別克、塔吉克、阿富汗）以及南亞各國（巴基斯坦、尼泊爾、不丹、孟加拉、斯里蘭卡），組成印度、波斯聯邦。

司波達也成就了個人對抗國家的偉業。二一〇〇年，斯里蘭卡在IPU與英國的承認之下獨立，在獨立的同時，魔法師國際互助組織「魔法人協進會」在該國創設總部。

亞洲阿拉伯其餘國家，分區締結軍事同盟，對抗新蘇聯、大亞聯盟以及印度、波斯聯邦三大國。

澳洲選擇實質鎖國。

歐洲整合失敗，以德國與法國為界分裂為東西兩側。東歐與西歐也沒能各自整合為單一國家，團結力不如戰前。

非洲各國半數完全消滅，倖存的國家也只能勉強維持都市周邊的統治權。

南美除了巴西，都處於地方政府各自為政的小國分立狀態。

〔1〕遺跡

目的是保護魔法師人權的政治結社FEHR，根據地位於USNA前加拿大領地的溫哥華。

西元二一〇〇年六月上旬。FEHR總部激起平靜的漣漪。之所以沒引發騷動，是因為領袖蕾娜・費爾下令切勿驚慌。要不是擁有強大向心力的她這麼指示，組織肯定已經大亂。

「……路易，真的不要緊嗎？」

但是蕾娜自己並未保持穩定的精神狀態。詢問受傷部下時的她，臉上露出害部下遭遇危險的後悔、對部下傷勢的擔憂以及內心的慌張。

「不要緊。抱歉害您擔心了。」

坐在蕾娜前方體格中等的黑人男性貌似惶恐般低頭。光從他的姿勢、動作與語氣判斷，感覺如他本人所說不必擔心。

「…………」

但是從夏季西裝袖口露出的繃帶否定這層印象。要是得知藏在西裝底下的身體各處其實包覆著繃帶或OK繃，就更不能全盤相信「不要緊」這種說法。

「Milady，我真的不要緊。受的傷都沒有很嚴重。」

「蕾娜，路易沒說謊。雖然不能說都是皮肉傷，卻不是需要兩週以上才能康復的傷勢。」

同座的夏綠蒂．甘格農搭腔之後，蕾娜終於稍微放鬆表情。曾任FBI調查官又擁有律師資格的夏綠蒂不只是擔任法律顧問，在FEHR內部也是蕾娜的精神支柱。她的話語有著緩和蕾娜慌張心情的效果。

看到蕾娜稍微收起愁容，和她面對面的黑人男性也放鬆肩膀力氣。這名男性是FEHR的副領袖路易．魯。今年三十歲的前非洲裔法國人，十八歲時歸化USNA，在二〇九五年一起成立FEHR，是蕾娜最早期的同志之一。

路易和蕾娜同年，但也因為蕾娜外表看起來頂多不到二十歲，所以路易對她就像是對晚輩女性那樣，懷抱一種「必須保護她」的義務感，自己受傷害得蕾娜心痛並非路易所願。

只不過，蕾娜不算是已經完全舒展愁眉。

「……可是，你是和FAIR交戰才受傷吧？因為我命令你監視他們……」

「那是沒有必然性的交戰。被他們發現是我的疏失。而且監視是必須的措施。」

這段話終於讓蕾娜從路易的傷勢移開注意力。

「……FAIR做了什麼事嗎？」

上個月下旬，蕾娜掌握到FAIR派遣調查隊前往沙斯塔山的情報。蕾娜之所以命令路易監視，是擔心ＦＡＩＲ的舉止觸法，害得魔法師的評價有被貶低的風險。一旦掌握到他們行為違法的事實，就要讓世人知道「這單純是ＦＡＩＲ這個組織的犯罪」，避免反魔法主義者藉由這個理由中傷一般的魔法師。這就是蕾娜訂立的方針。

「果然做了什麼觸法的事情嗎……？」

聽到蕾娜這麼問，路易含糊搖頭。

「還沒能確認犯罪的事實。」

「還沒？」

「目前他們只是在沙斯塔山的山腰到處走，但在不久的將來應該會開始偷挖吧。」

「偷挖？有遺跡被發現了嗎？」

對於蕾娜這個問題，路易這次以嚴肅表情點頭。

「是的，應該沒錯。該遺跡屬於一旦曝光肯定會基於聯邦法指定列管的層級。」

路易的回答使得蕾娜蹙眉，默默旁聽的夏綠蒂也板起臉。

「……即使沒有成案，也會成為抨擊的目標吧。」

「對於媒體或是反魔法主義者來說，會是絕佳的攻擊材料。」

蕾娜與夏綠蒂同時嘆氣。

「……要不要將遺跡的存在告訴州政府，讓政府預先管制？」

蕾娜提出對策，但是路易的反應不太理想。

「應該很難。因為沒有遺跡的實際物證……」

「沒有實際物證？是經由透視發現的嗎？」

路易點頭回應蕾娜的問題。

「蘿拉．西蒙以魔女術發現了地下石室。ＦＡＩＲ的成員是這麼說的。」

「蘿拉．西蒙……這名女性據稱是ＦＡＩＲ首領洛基．狄恩的左右手對吧？」

「是的，聽說也是情婦。」

夏綠蒂回應蕾娜的呢喃。

「情婦」這個詞引得蕾娜眼神游移。雖然應該不是受到外表影響，但她似乎擁有和年齡不符的潔癖個性。

「……話說回來，那間石室裡到底沉眠著什麼東西？」

蕾娜改變話題。

應該不算是轉移話題吧。在這個場合，這個主題比情婦什麼的重要得多。

「說來遺憾，沒查得那麼詳細……」

但是路易結巴回應。

「他們原本的目的應該正如Milady的推測是取得聖遺物，不過他們似乎認定蘿拉．西蒙發現

的石室比聖遺物的價值更高。」

「價值超越聖遺物的遺跡嗎?應該不是金錢上的價值吧……」

「我覺得是擁有魔法價值的遺跡。」

蕾娜沒說出口的話語由夏綠蒂補足。

只不過,夏綠蒂、蕾娜與路易都無從得知究竟是何種價值。

「蕾娜,要怎麼做?我覺得不能置之不理。」

「置之不理確實不太妙吧,可是……」

對於夏綠蒂的問題,蕾娜露出猶豫之意。

「警備森嚴的程度,足以讓路易遍體鱗傷。光是刺探就引爆FAIR的怒火……會不會有這種風險?」

蕾娜提出這個擔憂,路易與夏綠蒂一起沉默下來。或許兩人在蕾娜指出這點之前就想到這個可能性。

「……就算這麼說,什麼都不做也很危險。」

蕾娜的語氣突然變得流利,肯定是為了消除沉默造成的尷尬氣氛。

「說得也是,我覺得沒錯。」

路易大概也有相同的想法,以令人覺得性急的速度附和。

「不過，具體來說要怎麼做？望遠透視恐怕會被對方察覺喔。」

ＦＥＨＲ有成員是望遠透視能力者。不是魔法師，是超能力者。該名成員擁有不受距離或障礙物影響視認目標物的超感官知覺，不過這個能力當然有使用的條件與限制。

在這個狀況，成為瓶頸的是使用限制。如果監視對象具備知覺系的特異能力，也就是俗稱的「超知覺」，那麼對方不只會察覺這邊正在調查，恐怕還會反過來取得這邊的情報。這是「看人者恆被看」的法則。

因此，要是望遠透視的目標對象包含超知覺的擁有者，就必須避免長時間連續觀察，而且考慮到被反向偵測的可能性，監視者最好遠離己方據點，持續移動避免停留在固定地點。

尤其這次的對手是敵我雙方都稱為「魔女」的蘿拉．西蒙。不只是能察覺監視，還能反過來利用「視線」進行魔法攻擊。ＦＥＨＲ旗下的望遠透視能力者不能忽略這種風險。

「——就算這麼說也不能視若無睹。ＦＡＩＲ的犯罪行為，可能讓反魔法主義者有藉口迫害魔法師，我們必須阻止這種事態。」

蕾娜以想不開的表情堅定斷言。她的語氣洋溢悲壯感。

「我再去一次吧？如果只以幻影接近，應該不會像這次一樣出差錯。」

路易是「分身」這個古老魔法的使用者。「分身」是製作和自身外型一模一樣的合成體，使其具備五感或幻術攻擊能力的魔法。從現代魔法的觀點來看是一種術式冗贅的古老魔法，但是精髓在於可以持續提供戰鬥輔助，這是現代魔法沒有的特點。

即使合成體受到攻擊，主體也不會直接受傷，但是因為合成體擁有五感，所以受到攻擊會感到疼痛。此外，在對付精神干涉系魔法的時候，敵方恐怕會透過合成體攻擊術士的精神。

「……不可以。蘿拉‧西蒙的能力是未知數，但是既然被稱為『魔女』，最好認定她擅長使用幻術系的魔法。即使你用了『分身』也不一定能確保安全。」

被蕾娜出言阻止，路易沒有反駁。看來他本人也知道自己不適合對付。

沉默的帳幕降臨室內。

「——要不要僱用私家偵探？」

打破寂靜的是夏綠蒂。

「以前我在西雅圖有一間熟識的偵探事務所。」

「FBI時期認識的朋友嗎？」

「與其說是朋友，應該說是合作夥伴。本事確實了得。」

「……說得也是。」

蕾娜思考的時間不長。

「非魔法師的專家擁有不靠魔法的監視手段，在這個場合或許比較安全。夏莉，可以幫我委託那間偵探事務所嗎？」

「知道了。我立刻試著交涉。」

「嗯，拜託了。」

這件事在蕾娜與夏綠蒂之間談妥了。

路易也沒有反對。

[2] 計謀

六月十五日，東京某處。場所與名稱都沒公開的會議室裡，集結了統括國防陸軍情報部黑暗面的副部長與各課課長。

國防陸軍情報部祕密幹部會議。這場會議不定期也不公開。是認定某些事態需要處理時召集陸軍情報部幹部進行的非正式集會。這場會議的舉辦，顯示情報部認為當前發生這種緊急事態。

不過目前在國內沒觀察到外國武裝勢力入侵，或是企圖顛覆國家的破壞工作正在進行。和過去的案例相比，他們這次聚會要討論處理的問題只是小事，不符合祕密幹部會議召集的原則。

「我想各位已經知道，不過重新整理狀況吧。」

首先開口的是這場會議的主辦人，陸軍情報部的祕密副部長犬飼。他直到去年是防諜十課的課長。「十課」的意思不是防諜部門的第十課，而是和陸軍情報部密切合作的師補十八家——十山家直接搭檔的部門。

此外，十山家和十師族的十文字家同為前第十研的成功案例。相對於為了迎擊飛彈或機械化部隊而開發的十文字家，十山家是為了在防線被突破之後防衛重要設施或是護衛重要人士。基於

這個職責的性質，在二十八家之中，他們和國防軍中樞的關係最為堅定。

「昨天，十師族七草家的長女向ＵＳＮＡ大使館申請簽證。目的是訪問前加拿大領地溫哥華的政治團體。同行者是魔法人聯社職員遠上遼介。這個人的老家是前第十研的失數家系。」

沒有發問的聲音。如犬飼所說，這是已經共享的情報。

「如各位所知，沒有法令禁止平民出國。不過從國防觀點來看，魔法師出國隱含許多潛在性的問題，因此要求魔法師自制避免出國。」

排列成口字形的桌子各處發出贊同的聲音。

「然而這次，七草家長女與遠上遼介像是嘲笑至今的慣例般，公然企圖前往美國。而且完全沒找政府或軍方諮詢。」

「這個魔法師是七草家的直系，這一點也很麻煩。」

這段發言來自犬飼以前的直屬部下，他在犬飼晉升為「暗地裡的」副部長之後，成為防諜十課的課長。

「這正是問題所在。」

犬飼大幅點頭。十課新任課長的發言是順著前直屬上司的意思。

「在十師族之中，七草家尤其和政府與國防軍採取合作的立場至今。有時候甚至把政府的得失擺在魔法師的得失前面。七草家的長女如今和『那個』四葉家聯手違抗政府的方針。這樣下去

可能會演變成非常嚴重的事態。」

「這件事的背後只有四葉家在操控嗎？」

插話詢問犬飼的是陸軍情報部第一課的恩田課長。犬飼與恩田直到去年都是同級的課長。年齡也相近，可以說是勁敵。隨著犬飼晉升副部長，恩田從特務一課調到第一課。雖然形式上是被犬飼搶先，不過「暗地裡的」副部長正如其名不會在檯面上活躍，相較之下，第一課有很多機會代表情報部進出陸軍參謀部或是統合軍令部的參謀總部，是情報部之中最接近「檯面」的部門。犬飼與恩田實際上是誰領先還很難說。

也基於這個原因，所以兩人相處有點尷尬。不過直到去年都是合作多於對立，真要說的話算是良好的關係。

「那麼，恩田課長是怎麼想的？」

犬飼以問題回應問題。

「司波達也設立的魔法人聯社，幹部名單是代表理事司波深雪、常務理事司波達也、理事東道理奈。這個東道理奈原本是美國人，歸化前的全名是安潔莉娜．庫都．希爾茲。我想您應該知道，她是前十師族重量級人士，已故九島烈前少將的姪孫女（弟弟的孫女）。」

「我當然知道。補充一點，安潔莉娜．庫都．希爾茲很可能是那個安吉．希利鄔斯。」

室內的氣氛動搖了。犬飼說的內容，從以前就是這些會議成員的共通認知。不過ＵＳＮＡ的

國家公認戰略級魔法師即使是表面形式卻歸化日本，對於情報部的幹部來說是很難心平氣和當成耳邊風的可能性。

「ＵＳＮＡ的『使徒』潛伏在國內——不對，不算潛伏嗎？」

明知有潛在的威脅卻被迫置之不理，這個現狀使得恩田自嘲般微微一笑。此外「使徒」是國家公認戰略級魔法師的通稱。

「總之，她是天狼星的可能性確實是不能坐視的風險，但我想說的不是這件事。」

恩田稍作停頓喝口水。

「所以是？」

犬飼性急催促他說下去。

「恕我失禮。安潔莉娜．希爾茲在歸化時成為東道青波閣下的養女。副部長知道東道閣下這號人物嗎？」

聽到恩田這麼問，犬飼板起臉。

「……是『元老院』的大老。」

他的聲音沒能完全隱藏情緒，透露出「我疏忽了」「太大意了」的慌張，以及被恩田點出這個事實的懊悔。

場內產生一陣小小的騷動。聆聽眾人竊竊私語的聲音就知道，不認識元老院的人占多數。聚集在這裡的是陸軍情報部課長以上的階級，但即使是這樣的他們也大多不認識。元老院就是如此貨真價實的「陰」之組織。

「成為東道閣下養女的前美國人任職的魔法人聯社，派遣職員前往ＵＳＮＡ。我不認為東道閣下不知道這件事。這麼想就可以理解四葉家與七草家為何輕忽至今的慣例吧？」

犬飼沒有附和也沒有反駁。

面對臉色凝重的犬飼，恩田看起來毫不畏懼，反倒以輕快的語氣說下去：

「我認為四葉家或七草家的態度不重要，元老院的意向正是這件事的關鍵問題。准許魔法師前往美國是元老院全體的意見嗎？還是東道閣下個人的想法？」

「必須先確認這一點嗎……」

犬飼承受恩田的視線，不情不願地開口。

「是的。」

恩田滿意點頭，繼續說下去：

「而且如果是後者，我覺得應該向元老院裡和東道閣下意見相左的大人們請求協助。」

「說得也是。我認為恩田課長的意見很中肯。」

犬飼就這麼一臉不情不願，卻沒有犯下因為私情而扭曲判斷的愚昧過錯。

「話是這麼說，但是以我們的層級，沒資格晉見元老院的大人們。」

「要不要請防衛大臣出馬？」

這句發言不是出自恩田，而是另一名課長。

「那個大臣不可能。」

犬飼冷淡駁回這個提案。現在的防衛大臣是執政黨內部經過論功行賞決定的人物，被評為只有選舉是唯一的強項，不受武官們的歡迎。

「既然這樣，要不要拜託西苑寺閣下出馬？」

西苑寺是去年退役的前陸軍上將，在現役時代被認為是僅次於總司令官蘇我上將的第二號人物。據說他對政經界的影響力反而更強，卻將總司令官的地位讓給廣受武官支持的蘇我，自己坐上第二把交椅的位子，是當時蔚為佳話的人物。

「我也認為西苑寺閣下適任。就透過部長試著拜託他吧。誰還有其他意見嗎？」

犬飼環視參與會議的成員。

「……副部長。」

片刻之後舉手的是防諜十課的課長。

「假設魔法師前往美國是元老院的意向，這個人肯定也不必是十師族的成員。是不是應該叫七草家當家過來，要求他阻止女兒前往美國？」

「嗯……恩田課長，你認為呢？」

「我沒有異議。假設前往美國是元老院全體的意見，更換人員這種小事，那些大人們應該也不會計較吧。」

「說得也是。」

聽到恩田的回答，犬飼沉重點頭。

「這個任務就交給防衛大臣吧。既然當上大臣，即使只把這個位子當成跳板，這種程度的事應該還是幫得上忙。」

這種要大牌的態度與口吻，顯示犬飼在威嚴這方面還沒達到前一任的水準。

陸軍情報部的動作很快。

祕密幹部會議的隔天，六月十六日下午。七草家當家七草弘一被叫去防衛省的大臣室。

大臣室的主人古澤是年紀還不到四十五歲的新生代政治家。以清新外型與犀利口才博得選民的熱烈支持。他本人也有這份自覺與自負吧。古澤大臣以充滿自信的態度迎接比他年長約十歲的弘一。

「……即使您這麼說，但小女沒犯下被限制移動的重罪啊？」

不過，弘一明確拒絕自制出國的要求，古澤的從容因而剝落。
「難道您的意思是說，小女有什麼重大的嫌疑嗎？嚴重到必須限制國民被認可應有的權利，也就是移動的自由？」
對方位高權重，弘一基於禮貌取下墨鏡。
不會映出情感的義眼，以及洋溢著比義眼更冰冷目光的肉眼，從正前方注視古澤。
「不……不是的，絕對沒這種事。」
古澤的語氣下意識變得謙卑。
「不過，魔法師自制出國是從以前到現在的慣例……」
「防衛大臣閣下。」
弘一的犀利聲音打斷古澤的話語。
「您的意思是說，善良國民理所當然被認可應有的權利，魔法師卻不被認可嗎？」
「……沒這回事。」
古澤的立場比弘一強勢。
不過在這個場合，公道站在弘一這邊。
此時此地不能使用源自法令的權力，做為讓弘一服從的手段。
「不過魔法師出國有許多潛在問題，所以各位魔法師至今都是主動自制，這一切將會……」

「大臣閣下。」

弘一再度打斷古澤的話語。

若要以合法以外的權力說服弘一，古澤身為政治家在各方面仍有不足之處。

「您說的『潛在問題』具體來說是什麼？您認為小女會背叛日本逃亡到ＵＳＮＡ嗎？」

「我沒這麼認為！」

「啊啊，難道您是在關心小女的人身安全嗎？那我認為沒問題喔。她這次去的是治安良好的ＵＳＮＡ前加拿大領地，即使同樣是ＵＳＮＡ，也不會有前墨西哥領地的那種風險。」

弘一朝古澤露出判若兩人的親切笑容。

不過他的獨眼隱含和義眼相同的無機質光芒。

這道非人類的目光向古澤施壓，令他屈服。

官僚與平民。社會立場的優劣十分明確。

不過生物層面的強弱，和社會地位完全是兩回事。

沒進入直接的鬥爭就正確看透這一點，或許可以稱讚古澤的生存能力優秀。這肯定是身為政治家的重要資質。

古澤防衛大臣在七草弘一面前出糗，使得陸軍情報部大失所望。於是情報部快馬加鞭暗中活躍，企圖挽回局勢。

另一方面，成為情報部目標的這一邊，對抗的行動也逐漸活絡。

被防衛大臣叫去的當天夜晚，弘一來到東京市中心的傳統日式高級餐廳。這裡是不久之前，達也、將輝與真由美密談的店。真由美上週才被請來這裡，沒想到自己今天也被同一個人請來這裡，弘一感受到某種奇妙的緣分。

「恭候大駕已久。」

被帶到包廂的弘一打開拉門，看見達也站在裡面等待。達也恭敬低頭，弘一也行禮回應，然後就這麼接受引導坐在上位。

「四葉閣下，謝謝您這次邀約。」

達也坐在正對面之後，弘一如此搭話。

「不，我才要感謝您在百忙之中專程前來。」

對於「四葉閣下」這個稱呼，達也面不改色當成耳邊風。

弘一內心有種「期待落空」的感覺，卻完全沒顯露在表情或舉止上。兩人面對彼此時的態度簡直是「若無其事」的範本。

「首先容我致歉。」

開口這麼說的是達也。

「我拜託令嬡的那份工作，似乎為您添麻煩了。」

「照顧女兒是父親的職責。而且那是舉手之勞，請不用在意。」

「感謝您寬宏大量這麼說。」

達也遞出酒瓶，弘一拿起酒杯。

達也將弘一回敬的酒一飲而盡，再度進行對話。

「老實說，我很意外。」

對於達也這句話，弘一沒問他到底是什麼事。

「是指我反抗防衛大臣嗎？」

不只是達也，弘一也正確理解到這場餐會要談什麼事。

「是的。我認為七草閣下重視和政府的協調，所以覺得您不太可能答應我的要求。」

說實話，達也事前就透過真由美委託弘一，希望他別屈服於想阻止真由美前往美國的政府與軍方壓力。

「這部分如你所說。」

弘一輕聲一笑。與其說是苦笑更像是假笑。

「但我可不打算盲從喔。會依照時機、場合與對象而定。」

「原來如此。時機、場合與對象是吧。」

達也點頭時的表情沒有半點虛假。

「而且我也覺得這恰巧是個機會。」

弘一像是順帶一提般補充。

「您的意思是？」

達也半附和詢問弘一。

「我從以前就在想，我們魔法師差不多應該停止容忍了。」

「容忍……嗎？」

「是的，容忍。」

弘一依然維持撲克臉，但是從語氣感覺得到些許厭惡。

「司波先生。」

弘一這次不是以「四葉閣下」稱呼達也，而是「司波先生」。

「魔法人沒有足以自立的經濟基礎，所以和多數派的共存不可或缺，您是這麼認為吧？」

或許這是表明他至少在這個場合，並不是將達也視為四葉家的一員，而是視為「司波達也」

這個獨立的個體。

「您說的沒錯。」

「我認為這個想法本身是正確的。不過，各種強迫性的『自制』剝奪了魔法人的自立能力，這部分可不能看漏了。」

達也再度回應「您說的沒錯」附和這個說法。

「近代之後的社會因為分工而變得富足。」

「這是古典的經濟思想吧。是亞當·史密斯嗎？」

「不可以小看古典喔。」

弘一不禁失笑。其中沒有挖苦的意思。

「我們提供魔法技能，收取金錢或物品做為代價。這也無疑是一種分工。而且分工會隨著交流範圍的擴增而有所進展。」

「我不太懂經濟學，但是可以理解。」

這不是謙虛。達也不懂經濟學完全是事實，而且現在弘一說的道理，即使沒有特別進行專業學習，只要稍微思考還是可以理解。

「我認為地理層面的擴展不保證能帶動經濟規模，卻肯定是一大要素吧。」

而且不必專門鑽研經濟學，只要觀察世間的動向，也說得出這種程度的理論。

弘一點頭回應達也這段話，別有含意地壓低音調。
「我在想，將魔法師束縛在國內的動機，應該不只是害怕基因外流。」
「是為了加強對政府的依賴嗎？」
「我認為這並非臆測。」
弘一自信斷言。或許他以某種手段取得了非公開的情報。
「您覺得前往海外是經濟自立的成功關鍵吧？」
「我是這麼覺得的。不只魔法，國外有某些我們至今無法進入的『市場』。所以我認為這次司波先生派小女去ＵＳＮＡ出差是一個好機會。」
「這是出乎意料的利害一致。」
「是的。既然是為了共通的利害，我們就可以合作。不是嗎？」
「說得也是。」
對於弘一的詢問，達也毫不猶豫點頭。
「不過為了避免誤會，我想預先聲明，我對七草閣下沒有任何心結。」
比方說，達也知道弘一曾經和周公瑾聯手的事實，不過真的沒有因而懷恨在心。
「我也是。我對司波先生沒有任何心結。」
弘一也是能將自己對真夜的情感芥蒂以及對達也的評價分開來看的人。

六月十七日夜晚。陸軍情報部副部長犬飼陪同退役上將西苑寺，造訪距離東京都心有一段距離的某間飯店。是從上個世紀（今年是二十一世紀最後一年）就在世界公認最具權威的飯店排行榜獲得頂級評價的超一流飯店。

被帶領到預約的餐廳包廂，確認內部還沒有任何人之後，犬飼鬆了口氣。不只是犬飼，西苑寺也婉拒了正要拉椅子請兩人坐下的服務生，並肩站在包廂牆邊。

犬飼他們到達十幾分鐘後，主賓來到包廂。雖說超過預定時間，還是比預料的更早到達。推測是護衛兼祕書的年輕女性引導一名老翁入內，西苑寺與犬飼以最敬禮迎接。

西苑寺以最恭敬的遣詞用句，向老翁——元老院四大老之一的樫和主鷹本次專程前來表示歉意，也對他答應面會表示謝意。樫和以親切語氣回應之後，包括護衛兼祕書的女性共四人就座。

這個國家「陰」的掌權者之一的樫和主鷹是身高一七五公分以上的老紳士。頭髮雪白但是姿勢端正，無論站著還是坐著，腰與背都打得筆直，腳步也很穩健。雖然肯定已經超過七十歲，不過抗老的成果使得他皮膚沒有老人斑，皺紋也不太顯眼，是散發溫和又文靜氣息的學者風貌。

犬飼透過西苑寺要求晉見還只是前天的事。或許只是行程剛好有空，即使如此，樫和似乎和自身權力不符，是一位很好配合的人物。他沒叫兩人來到自己住處而是希望在餐廳聚餐，也看得出他不喜裝腔作勢的性格。

「所以西苑寺，你想商量什麼事？」

樫和的語氣也沒有違背外在形象。

但是被他搭話的西苑寺，從剛才以最敬禮迎接的時候至今絲毫沒放鬆緊張。

「是，恕在下斗膽說明……」

西苑寺以這句話開場，向樫和詢問元老院對於真由美這趟美國行的立場。

「以元老院的立場，沒有許可也沒有禁止魔法師前往海外。」

沒得到想要的回答，犬飼略感失望，同時心想這不是最壞的結果而重新打起精神，以眼神委託西苑寺提出更深入的問題。

「……不介意的話，可以煩請大師說出您自己的想法嗎？」

承受犬飼視線的西苑寺戰戰兢兢再度發問。

「我個人覺得……東道兄或許稍微太偏袒那些年輕人了。」

這句回答給予犬飼莫大的勇氣。

「我充分認知那個人的重要性，但是任憑他仗勢任性妄為的話無法維持秩序。方便請大師提供您的睿智相助嗎？」

犬飼直接向樫和搭話。

隨行女性揚起眉角面露不悅，但是樫和看起來不在意。

「這個嘛……如今成為護國王牌的那個人及其未婚妻，我們當然不能加以危害，不過那個人的世界應該不是只有未婚妻一人吧。而且即使擁有鬼神之力，既然身為人類，能顧及的層面必定有限。」

「大師，您的意思是……」

熟諳檯面下工作的犬飼，正確理解到樫和暗示的意思。

同時他也重新理解到，面前這一位並非單純的慈祥偉人，是統治這個國家「陰」的掌權者之一。

「而且，這個世界上沒有萬能的力量。無論是任何技術，也會因為使用者而有擅長與不擅長之分。即使是魔法也不例外。」

然而即使知道暗示的意圖，也不知道達成目的的具體手段。為了解讀樫和這段話的意思，犬飼露出拚命的表情思索。

大概是對他這副模樣感到同情吧。

「我內心有幾個適合處理這件事的人選。我寫介紹函給你吧。」

樫和很乾脆地補充這句話。

「大恩大德感激不盡……！」

西苑寺與犬飼異口同聲說完深深低下頭。

「好啦，機會難得，就來大快朵頤吧。」

聽到樫和這句話，犬飼連忙起身。

他快步走出包廂，吩咐在室外待命的服務生。

◇　◇　◇

陸軍情報部的副部長拚命接待陰之掌權者的同一時間。

達也邀請莉娜來到自家客廳，聽她報告這趟美國行的準備狀況。

雖說是邀請，不過達也與深雪家和莉娜家位於同棟大樓的同一層，莉娜每晚都會來這個家。因為現在的莉娜是深雪的護衛……這是表面上的理由，實際上是為了深雪做的晚餐而來。

雖然在家庭自動化系統發達的現在不算稀奇，但是莉娜不會做菜。她本人主張：「如果是野外求生的料理就很擅長喔！」然而她說出這種藉口的時間點，就等於坦承自己沒有製作家常菜的技能。

至於必須多做一人份餐點的深雪，並不討厭像是忘記「客氣」怎麼寫般每晚都來的莉娜。對於深雪來說，莉娜是難得可以對等來往的朋友。

這對於莉娜來說也一樣——雖然用到「對等」這個詞，兩人卻不是王宮貴族的公主。不過憑她們洋溢氣質的稀有美貌，被說是高貴血統的後裔也不奇怪，反倒只會令人認同吧。

不是因為地位或階級，甚至不是因為容貌。深雪與莉娜都擁有不讓凡人接近的魔法力。別說是高中至今的朋友穗香與雫，即使是繼承四葉家濃烈血統的亞夜子或夕歌（四葉家分家之一——津久葉家長女暨下任當家的津久葉夕歌）都明確比不上她們兩人。公認是現在世界最強魔法師之一的四葉家當家四葉真夜，如果不提只有她能使用的必殺特殊魔法，或許也敵不過深雪與莉娜。

認同彼此實力對等的朋友，而且不是虛構作品必然存在的「情敵」。這一點也可以說是兩人可以維持溫水般舒適關係的理由。

因此莉娜在晚餐後經常和深雪聊天，不過今天要談的是工作話題。莉娜受達也之託，將暫時回到ＵＳＮＡ。

派遣真由美他們到溫哥華和ＦＥＨＲ接觸的過程中，ＦＥＨＲ的敵對組織或是反魔法主義勢力可能會想辦法妨害。依照狀況，ＵＳＮＡ聯邦政府或地方政府的部分單位也可能加入妨礙的行列。達也採取的對抗手段，就是私底下派遣和ＵＳＮＡ聯邦軍高層維持密切關係的莉娜。

莉娜前來說明此行準備的進度。此外她歸化之後的國籍是日本，所以從法律層面來說不是回國，但在心情上無疑是「回國」。

「和座間基地的司令官說好了嗎？」

別名二十年世界連續戰爭的第三次世界大戰愈演愈烈時，美軍（ＵＳＡ軍）撤離夏威夷，駐日美軍基地不復在。但是對於美國（ＵＳＮＡ）來說，日本在西太平洋海域的地理重要性沒有改變，日美同盟改變形式存續至今。

另一方面，日本北方是新蘇聯，西方是大亞聯盟，持續從這兩個方向受到大國的軍事威脅。不對，狀況甚至比戰前惡化。

由於日美兩國的利害關係一致，所以前駐日美軍基地大多指定為日美共同利用基地。為了在形式上維持平等，ＵＳＮＡ領土也有共同利用基地，不過目前沒有常駐於美國的日軍部隊，實質上成為美軍利用日本國內基地的制度。座間基地就是這種共同利用基地之一，ＵＳＮＡ的補給部隊常駐於此。

「——嗯。雖然剛開始不情不願，不過班幫忙斡旋，請參議院議員柯蒂斯出面溝通，然後很快就辦妥了。」

「班」是莉娜擔任STARS總隊長時期的心腹部下，現任STARS總司令官的班哲明・卡諾普斯。莉娜從ＵＳＮＡ軍退役的現在（不過ＵＳＮＡ始終將其視為「形式上」的退役）也和卡諾普斯保持良好交情。不只如此，ＵＳＮＡ聯邦政府的國防部長也祕密命令卡諾普斯暗中支援莉娜。

「這件事沒有嚴重到要請柯蒂斯閣下提供助力吧……」

化為寄生物的STARS隊員陷害莉娜與卡諾普斯，誣賴兩人是叛徒的那時候，參議院議員柯蒂斯曾經協助兩人回復名譽，他自己也是號稱「CIA幕後長官」的USNA政界大人物，輩分上是卡諾普斯的舅公（祖母的弟弟）。

「我也是這麼說的，不過班說『這種程度不會欠下人情』。」

「這樣啊。既然得以節省時間，我就率直感謝吧。那妳會按照預定計畫，搭乘美軍的運輸機出國吧？」

「嗯。身分證與護照由STARS那邊準備，我將在基地領取。」

莉娜已經歸化日本，當然沒有USNA國籍。不過USNA聯邦軍為了保住自己的面子，將莉娜——國家公認戰略級魔法師「安吉・希利鄔斯」歸化日本這件事，在內部解釋為「用來監視超戰略級魔法師司波達也的欺瞞手段」。

而且還準備了不同於莉娜本名的USNA國民與USNA聯邦軍人身分。這次莉娜前往美國使用的身分證就是由USNA偽造的。既然由USNA當局所製作，就某種意義來說是真品。

「這次出入境都使用軍方運輸機，所以按照預定計畫的話不需要護照。不過回來這裡的時候萬一出什麼差錯，會以美國平民的身分入境日本。」

「在最壞的狀況下，我會請光宣過去迎接，妳經由高千穗回來就好。」

高千穗是在高度約六千四百公里衛星軌道運行的人造衛星。光宣與水波成為寄生物之後在地面無處可歸，達也為他們準備的居所就是這個衛星軌道居住設施，不過上個月已經確認高千穗也可以當成來回日本與美國的中繼基地。

「知道了。但我認為不會發生這種事吧。」

莉娜完全是置身事外的表情。

達也也認為基本上不會發生這種事態，苦笑回應「說得也是」。

「事情談完了嗎？」

搭話的是以托盤端咖啡過來的深雪。她應該是一直在伺機而動，以免妨礙兩人談正事吧。

身穿素色過膝連身裙加圍裙，以髮圈束起頭髮的深雪，洋溢新婚妻子的氣息。釋放的光環對於單身的莉娜來說有點傷眼。不知道是毫無自覺還是故意的，坐在沙發抬起頭的莉娜像是感覺耀眼般瞇細雙眼。

這雙視線引得深雪輕聲一笑（明明肯定早已看慣，卻動不動就對深雪的樣貌起反應，這樣的莉娜很有趣），將咖啡杯放在達也與莉娜面前。然後深雪將自己的份放在達也的杯子旁邊，坐在既定的位置——不用說，既定的位置當然是達也身旁。

「莉娜什麼時候出發？」

深雪拿起杯子詢問莉娜。

「真由美他們是二十六號吧？所以我想在二十七號出發。」

「下下週的週日啊。」

今天是星期四。二十七日是下下個星期日。

「那麼時間還算充裕吧。」

「我想趕快準備妥當就是了。」

莉娜微微聳肩回應深雪的笑容。

「好久不見的人應該也很多吧？不用買什麼伴手禮過去嗎？」

「是軍機喔。不能帶多餘的東西上機。」

「是運輸機吧？我覺得空間反倒比民航機大。」

「或許是這樣沒錯啦……」

「如果要去買伴手禮，我陪妳去吧。」

莉娜露出苦惱表情思索。

大概認為繼續搭話會干擾，深雪轉頭面向身旁的達也。

「話說達也大人，政府好像出手干涉了。」

「是說昨天七草閣下被防衛大臣叫去的那件事嗎？」

「是的。」

點頭的深雪看起來有點擔心。

「出手的與其說是政府，應該說是國防軍。震央大概是陸軍情報部吧。」
「他們要求學姊中止赴美嗎？」
不用說，這裡提到的「學姊」是真由美。深雪在工作上稱呼真由美為「七草小姐」，不過在私底下經常使用以前的稱呼方式。
「沒錯。妳真清楚。」
達也稱讚深雪的洞察力。不過這應該是偏心吧。高階的平民魔法師擅自準備出國，政府高官的選項有限。
「七草閣下可能會改變主意嗎？」
得到達也稱讚的深雪幸福放鬆臉頰，卻沒有沉浸在幸福感，進一步表達擔憂。成為大學生之前的她應該不會有這種心態變化吧。
「從我昨天聽七草閣下說明時的感覺來判斷，應該沒問題。」
「是嗎？七草閣下也不想對政府唯命是從吧？」
「嗯。看來他正在以自己的方式向國外謀取商機。」
深雪對達也的說明表達認同感。七草弘一始終是先計算過自己的得失再做選擇，這和深雪內心對他的形象一致。
「不過，既然情報部在攪局，我認為軍方更不可能就此罷休。」

「說得也是。」

看到達也的表情，深雪確信到目前為止都在他的預測範圍，接下來也都在達也的手掌心。

「達也大人，再來要怎麼做？」

即使覺得或許過於輕率，深雪還是懷抱期待發問。以絕對性的實力壓倒敵對勢力的達也也很迷人，所以希望達也偶爾展現這種英姿。深雪內心確實存在著這種願望。

「再來？」

「您應該擬定計策了吧？」

不只是深雪，莉娜也中斷苦惱看著達也。

懷著危險的期待，眼神閃亮的兩名美女，使得達也在內心露出苦笑。

但是深雪說的沒錯，這時候也不必說謊。

「我考慮進行『質量爆散』的實作展示。」

「您說『質量爆散』嗎？」

「達也，你當真？」

期待變成狼狽，深雪與莉娜睜大雙眼。達也的回答超乎兩人預料。不，與其說超乎預料，應該說她們想都沒想過。

反觀對於達也來說，兩人的反應真的是正如預料。他並非蓄意要嚇深雪她們一跳，所以立刻補充說明。

「雖然理所當然，但我不打算將目標設定在地球上。」

達也不是說「設定為任何國家」，而是說「設定在地球上」。深雪從達也選擇的形容方式猜到他想做什麼。

「目標是宇宙嗎？」

「讓大家看看質量爆散『原本』的用途。這麼一來，大家應該會理解到世間不應該限制魔法師的自由。」

莉娜露出「？」的表情。

看到這張表情，深雪心想「找時間對她說明吧」。

六月十八日，星期五。

這天從一大早開始，達也不是在魔法大學，而是在魔法人聯社的辦公室辛勤處理文書工作。

不過今天的目的不只這個，「實作展示的事前準備」也寫在達也的行程表上。

下午兩點。他找藤林過來也是事前準備的一環。

「……這樣啊。」

對於藤林的報告，達也點了點頭。

他不是讓藤林站在辦公桌對側，而是讓她坐在附滾輪的椅子聽她報告。

「剛好發現了適合的目標物。應該說運氣好嗎？」

「關於該目標物，已經請人持續提供追蹤資料了。」

「通訊線路這部分怎麼樣？以藤林小姐的能耐，我想應該萬無一失吧。」

「已經安排妥當。現在隨時都可以下手。」

藤林是在國防軍別名「電子魔女」的幹練駭客。即使是已經退役的現在，她的技術也完全沒退步。

「了不起。辛苦妳了。」

「您過獎了。」

藤林就這麼坐著行禮。她已經從軍人作風改為平民作風。

「話說回來……」

等藤林抬頭之後，達也繼續說下去。

大概是因為語氣和至今一模一樣吧。

藤林完全沒提防。

「前幾天，妳好像和兵庫先生兩人一起外出。」

因此，這句話使得藤林驚慌失措。

「兩……兩人？沒……沒有啦，確實是兩人一起，不過那是……！」

「啊啊，請別誤會。我沒要妨礙兩位交往，反倒認為這是可喜可賀的事。」

「誤會的是常務您！」

達也默默看著臉紅大喊的藤林。

他臉上寫著「明明不用隱瞞沒關係的」。

「我沒有和花菱先生交往！上次的展示會，我們只是去看有沒有工作用得到的工具罷了！」

藤林和兵庫一起外出的目的地，是各公司一齊發表最先進民生用奈米機器人技術的展示會。民生用的技術偶爾也會超越軍事用的技術。前去檢視是否有工作用得到的工具，聽起來是藤林會做的事。

不過就算這麼說，也肯定不必兩人一起去逛。懷疑他們交往應該不算臆測吧。

「花菱先生想要得到電子技術上的指導才會來拜託我！我也對奈米機器人的技術感興趣，所以就……」

藤林拚命辯解，達也依然向她投以疑惑的視線。

[3] 警告

十八日，星期五深夜。達也造訪九重寺。是八雲打電話叫他過來。

三年前的七月，兩人對於化為寄生物的光宣想法不同，因而上演一場認真對決，不過彼此並未懷恨在心。雖然不比以前那麼頻繁，但現在依然是偶爾會練武的交情。

然而八雲主動找達也過來的狀況相當罕見。到底是什麼事？達也不得不感到緊張。

一名門徒在山門等待。達也在他的帶領之下進入主殿。八雲在裡面的房間等待。

「師父，打擾了。」

「抱歉在這種時間找你過來。我想立刻和你談談，有一件壞消息。」

聽八雲說「希望立刻過來」、「不方便在電話裡說」的時間點，達也就確信發生緊急事態。

「是對我來說的壞消息嗎？還是對師父來說的壞消息？」

達也雖然這麼問，卻不認為是八雲陷入困境。

「對我們兩人都是。」

所以這句回答對於達也來說相當意外。

「達也如你所知，我不只是忍者，另一方面也是比叡山的腥和尚。」

「……葷腥的腥嗎？」

「血腥的腥。」

「…………」

達也刻意沉默，八雲朝他露出自嘲的笑。

「組織擴大的話，就要有人負責不能見光的工作。在和尚的世界也一樣。」

「我認為問題不在組織的大小……但我可以理解。」

達也露出像是要嘆氣的表情，只有語氣平淡附和。

「哎，就是所謂的必要之惡。其實也稱不上必要就是了。」

應該不是在配合達也，但八雲嘆了口氣。

「所以這次說來麻煩，腥和尚的小徒弟接了一份不得了的委託。總寺抱頭不知如何是好。」

八雲難得像是真的要抱頭苦惱。

「雖然不得了，卻是以比叡山之力也無法取消的委託，是這個意思嗎？」

「一點都沒錯。」

八雲深深點頭回應達也的推測。

「委託人是此等大人物嗎？」

「要說大人物確實是大人物，不過比起委託人本身，介紹人才是問題。」

「……感覺別問比較好，但我應該不能不問吧。」

「可惜對你來說正是如此。」

這次達也真的嘆氣了。

「——請告訴我吧。」

下定決心的達也發問。

「是元老院四大老的樫和主鷹先生。被稱為『大師』的人物。」

八雲沒賣關子，很乾脆地回答。

「和東道閣下一樣是四大老之一嗎……」

掠過達也腦海的不是震驚或恐懼，而是「為什麼」這個疑問。

像這樣被八雲叫來告知，這個「委託」的目標對象應該是達也自己。不過和東道同為四大老的他為什麼要鎖定達也？

不，達也內心並非完全沒有底。先前派文彌逮捕的魔法至上主義激進派團體——進人類戰線的領袖是由十六夜調藏匿，達也知道授意十六夜調這麼做的人，就是現在所提到元老院的樫和主鷹。

不過，和東道同級的掌權者，會因為那種程度的事情就企圖報復洩恨嗎？終究不可能是這種小家子氣的理由——達也如此心想而納悶。

「我也不知道是什麼理由。」

八雲解讀達也微妙的表情變化，搶先說出他沒說出口的疑問。

「但無論是基於何種想法，附上元老院介紹函的這個委託，即使是總寺也無法在接下之後取消。即使是多麼不得了的委託也一樣。」

看來不能充耳不聞了——達也做好心理準備。

「請告訴我委託的內容。」

「希望你冷靜聽我說。」

八雲一臉嚴肅預先這麼說。

「我當然不會亂了分寸。」

「哎，我想唯獨你不會這樣吧……首先，委託人是國防陸軍情報部。」

「情報部嗎？」

關於這一點，達也絲毫不感意外。他和陸軍情報部在三年前也發生過糾紛。

「——委託內容是對你的朋友們下咒。」

「……是用來做什麼的詛咒？」

達也的口吻保持平穩，但是音調明顯變低。

「目的不是咒殺，是剝奪精氣讓身體衰弱的那種詛咒。但也只是不會直接奪走性命的法術，身體衰弱就容易生病，注意力下降也容易發生意外。時間久了終究會臥床不起，即使不會致死也會留下嚴重的後遺症吧。」

「您說目標是我的朋友，具體來說是誰？」

「這個小徒弟也沒笨到敢對深雪或莉娜出手。總寺應該不想惹怒北山先生，所以我想北山雫與光井穗香不會成為目標。」

「換句話說，除此之外的任何人被鎖定都不奇怪？」

「是的。」

即使達也投以犀利視線，八雲也若無其事，和平常的差異只在於臉上露出稍微為難的笑容。

「情報部大概想對你施壓吧。因為詛咒和人質有相同的效果。」

不是殺害或是造成重傷，而是慢慢折磨。不只如此，想解除詛咒就必須乖乖聽話，就是這麼回事。詛咒和人質確實有相似之處。

情報部恐怕不是將魔法師出國視為問題，而是擔憂魔法師脫離政府的控制吧。魔法師對他們來說是兵力。為了防止士兵對於忠誠心產生質疑而叛變，將他的親朋好友當成人質，這是舊時代掌權者會打的主意——達也這麼認為。

不過即使能理解對方的盤算，達也也沒有必須屈服的道理。

「師父。接下這個委託的師弟術士，我要是『解決』掉的話會不太妙吧？」

說得這麼露骨，八雲終究也不能保持超然態度。

「希望你別這麼做。」

雖然嘴角與眼角帶著笑意，太陽穴周邊卻微微抽動。

「古老組織的自尊膨脹到不行，你這樣會和宗教界開戰喔。」

「這樣啊……我知道了。但如果不『消除』術士就很難處理了。因為詛咒不會留下證據。」

「哈哈哈……總之以你的本事，別說屍體或是證據，一切都會消除得無影無蹤吧。」

八雲發出乾笑聲。

「能夠讓你打消這麼做的念頭，就不枉費我立刻叫你過來了。」

看來八雲的目的是預防達也和密教系的古式魔法師爆發內戰。

或許是比叡山……不，是應該稱為「闇之比叡山」的組織幹部委託八雲，請他防止自家人的輕率行為引發慘案之類的。

「找吉田家的他討論因應之道應該可行吧。因為他大概也是當事人。」

「但我認為鎖定幹比古下手才是愚蠢的行徑。」

身為古式魔法師的幹比古，基本上肯定也精通詛咒，也無疑熟悉破解方法。

「他也有重視的人吧。」

「原來如此。」

聽過八雲的指摘，達也點頭接受了。如果美月成為目標，幹比古確實會主動介入。不只是達也，對於幹比古來說，事先討論對策也比較有利吧。

「知道了。我立刻找他談談。」

達也向八雲行禮，完全沒碰他端出來的茶就告辭離開。

◇◇◇

第二天，達也取消上午所有行程，一早就來到魔法大學。和以往的上學日不同，課題相關的部分在最小限度的範圍完成，和深雪他們道別之後前往非專攻的魔法幾何學研究大樓。

達也運氣不錯，很快就發現他要找的幹比古。

幹比古背對這裡，但是不必看臉，從體格與氣息就認得出來。這種程度的辨認不需要動用精靈之眼。

他站在原地似乎在和某人交談，不過對方剛好被幹比古擋住，達也這邊看不見。從隱約可見的手與腳尖就知道應該是女學生。用「眼」應該可以立刻看出對方的詳細身分，但是達也沒興趣進行無益的追究，也沒刻意解讀那名女學生的氣息。

打擾的話不太好吧？達也只在瞬間如此猶豫。

「幹比古！」

不過這恐怕是分秒必爭的事態。達也抱著妨礙戀情進展的決心呼叫幹比古。

「咦，達也同學，你今天有來大學啊。」

回應達也這聲呼喚的不是幹比古。從幹比古身體遮住的另一側探頭的人，是高中時代至今的異性朋友兼戰友艾莉卡。

達也內心產生迷惘。如果情報部的目的是誘使達也讓步，那麼艾莉卡也可能成為詛咒目標。在近戰可以和專業戰鬥魔法師打得略勝一籌的艾莉卡，對於精神攻擊的抵抗力還是不足。雖然經由劍術修行獲得比一般人高的抗性，但若對方的攻擊超越能以氣魄抗衡的水準就無法應付。

應該趁這個機會預先警告嗎……

「兩位早安。」

達也暫時將這份迷惘放在一旁，一如往常打招呼。現在第一節課剛結束，要稱為早上的話有點晚，不過同樣是上午時段。

「嗯，早安。」

「早安，達也。找我什麼事嗎？」

「對，有一件重要的急事。第二節要上課嗎？」

「嗯……不過沒關係，那門課有線上教學用的檔案，所以先聽你說吧。」

魔法大學的學生大多要幫忙家裡的工作。不是幫忙做家事，是魔法師的工作。為此無論如何導致被迫缺席的狀況並不稀奇。

在魔法大學，許多課程會限時在網路準備可以視聽最新課程的檔案，對這種學生提供補救措施。雖然不是公開講座，不過只要選修該門課就能利用大學裡的有線終端機使用檔案。

「抱歉了。那麼，跟我來吧。」

「知道了。」

「是我不能知道的事情嗎？」

幹比古點頭之後，艾莉卡在一旁插嘴。

「這個嘛……」

達也思考片刻，立刻做出結論。

「其實這件事或許也和妳有關。方便一起過來嗎？」

艾莉卡隨口回應「ＯＫ～～」點點頭。

達也帶著她與幹比古踏出腳步。

◇　◇　◇

達也帶兩人前往「未確認魔法研究會」的社辦。

這個社團處於停止活動的狀態，達也占據之後當成在魔法大學的活動據點。現在的社團成員只以對達也忠心耿耿的四葉家相關人員組成，社辦也進行了重視保全的改造——未經大學許可。

成為一種治外法權地帶的未確認魔法研究會社辦裡，達也將昨晚從八雲那裡聽來的詛咒計畫告訴幹比古與艾莉卡。雖然終究隱瞞了元老院的名字，卻說出元凶是拉攏「陰」之掌權者的陸軍情報部，甚至說明他們內心的盤算。

「對方是『棄都』的咒術師嗎……這下麻煩了。」

聽完達也說明的幹比古輕聲說。

「『棄都』是？」

這個日文名詞本身並不稀奇，不過艾莉卡覺得這個詞的原意用在這裡並不恰當，所以立刻詢問幹比古。

「啊啊……比叡山有各種不同的別名。」

「這我知道。像是天台山或北嶺之類的吧？」

「沒錯。其中有一個別名是『都富士』。『棄都』這個詞就是源自這個別名，踏入歧途的比叡山術士，一部分的古式魔法師稱之為『棄都』。」

「只有一部分啊？」

「是啊，不算是普遍的名稱吧。」

幹比古苦笑點頭。

「不過我喜歡。我決定今後也這麼稱呼。」

「那我也這麼用吧。」

不只艾莉卡，連達也都乘興這麼說，所以在他們的心目中，敵人今後的代號就是「棄都」。

言歸正傳。

「既然使用咒術代替人質，我想女性比較可能成為目標。」

「……達也，你的意思是柴田同學會成為詛咒目標嗎？」

幹比古低聲反問。他臉上的表情消失了。

「還有艾莉卡。」

達也的回答使得艾莉卡板起臉——即使完全是池魚之殃，她也只是板起臉，沒要責備達也。

「不用擔心光井同學她們沒關係嗎？」

幹比古就這麼面無表情詢問。

「不能說她們沒有成為目標的可能性。」

八雲說對方不想激怒在政界也擁有強大影響力的財界之雄——北山潮，所以不會鎖定雫與穗香，但是達也的想法不同。步入歧途的那些人用來計算得失的理性，他認為不太可靠。

「不過風險應該比美月與艾莉卡低。」

不過達也認為咒術同樣適用「為了達成目的而鎖定易於得手的對象進攻」這個原則。從技術層面來看，擁有特殊眼睛的美月或許比雫與穗香更難下咒，不過考慮到對於所屬組織的影響，就不能無視於政治力與財力，達也也認為八雲這部分說得沒錯，差異在於達也只是把可能性看得比較低而不是視為零。

「……我知道了。」

幹比古從撲克臉變成殺氣騰騰的表情。

「柴田同學與艾莉卡由我這邊處理。艾莉卡，今天放學可以來我家一趟嗎？」

「唔，嗯，可以……」

這股平靜的怒火足以震懾艾莉卡。

「咒術師那邊由我來對付，達也你就趕快解決『其他人』吧。」

「我知道了。」

幹比古默默站起來走出社辦。

達也沒阻止他。

◇◇◇

「慢著，Miki，等一下！」

走出未確認魔法研究會社辦的幹比古，被隨後追過來的艾莉卡叫住。

「就叫你等一下了！」

幹比古被叫第二次才終於停下腳步。

「什麼事啊？還有，我叫做幹比古！」

幹比古轉過身來，愛理不理般回應。

艾莉卡皺起眉頭，卻沒和他吵架。

「……這不是達也同學的錯。」

「這種事我知道的。」

從幹比古的聲音感覺得到憤怒以及更強烈的煩躁。

「那你在不高興什麼？」

艾莉卡不是挑釁，而是以關心的語氣詢問。

「因為至今還是會對無辜的女性下咒，古式魔法師才會被當成可疑又卑鄙的人物。如果目的是誘使達也讓步，那就別鎖定柴田同學，向達也本人下咒就好吧！」

「別鎖定柴田同學」這一段透露幹比古的真心話，不過艾莉卡沒指摘這一點刺激他的情緒。

「我覺得這是不可能的。應該沒人敢對達也同學出手吧？」

「這……或許吧。」

幹比古的表情不再凶狠，因為他設身處地思考之後接受艾莉卡的主張。直接攻擊達也的這種行為，基於各種意義來說確實是匪夷所思。不對，根本不用去考慮這種事。

「反倒因為事先收到警告，所以美月由Miki保護不就好了？」

「這麼說也沒錯。」

「啊，我的事也拜託了。那就靠你啦，幹比古。」

艾莉卡不以「Miki」稱呼幹比古，而是嬌滴滴地叫他「幹比古」。她的聲音有著和年齡相符的魅力，幹比古明知是開玩笑還是被打亂內心。

「只在這種時候這麼起勁。」

幹比古移開視線這麼說。

這肯定是他竭盡所能的逞強。

◇◇◇

幹比古與艾莉卡離開未確認魔法研究會的社辦之後。

達也獨自留在室內不久，一組男女學生前來找他。

「達也先生，找我們嗎？」

「請問有何吩咐？」

乍看還以為是女學生雙人組。是文彌與亞夜子。

「抱歉，突然找你們過來。」

幹比古與艾莉卡離開之後，達也以電子郵件找他們過來。

「沒關係，那門課可以蹺。」

文彌爽朗回應。

「您是掌握這一點才叫我們過來吧？」

亞夜子以略為責備的語氣補充——不必看她惡作劇般的笑容就知道，聽起來像是責備的這句話是故意的。

雖然語氣半開玩笑，但卻說中了。不只是這兩人，深雪與莉娜的課表達也也都記在腦中。

「即使如此，我還是在強人所難。感謝你們爽快答應。」

「那當然。達也先生的召集以及大學的課程，不用想就知道哪邊比較重要。」

「文彌……你這樣有點『沉重』喔。」

文彌挺胸回答之後，亞夜子露出有點壞心眼的笑容。

「你如果是女生就好了。」

亞夜子以明顯聽得出是玩笑話的語氣消遣。如果弟弟真的說要變性，她肯定會驚慌失措吧。

「應該相反吧？我覺得因為是男生才會被原諒。太沉重的女生會被男性嫌麻煩吧？」

以前的文彌大概只會滿臉通紅，大聲說出稱不上反駁的反駁吧。不過現在的文彌可以面不改色回嘴對抗姊姊的消遣。

「哎呀，你承認很沉重啊。」

「男人與其輕一點還不如重一點。輕視忠誠的男人不能信任吧？」

「不提這個，達也先生，請說明有什麼吩咐吧。」

大概是認定形勢不利，亞夜子藉著詢問達也改變話題。

「昨天深夜，九重八雲師父提供一則情報。陸軍情報部得到元老院四大老之一樫和主鷹的支持，似乎企圖對我的朋友施加詛咒。」

即使話鋒突然轉到自己身上，達也也不慌不忙，以沉穩語氣告知該告知的事情。

反觀被告知的兩人都無法保持平靜。

「詛咒？」

文彌放聲大喊。

「元老院的樫和大人嗎？」

亞夜子發出帶著哀號的聲音。

「我也沒有求證，不過應該是事實吧。師父沒理由也沒必要說這種惡質的謊言。」

「確實沒錯……」

文彌以殘留慌張的聲音附和。

「話說回來，為什麼樫和大人他……是吳內杏被抓的那件事惹得他不高興嗎？」

魔法至上主義激進派團體——進人類戰線的領袖吳內杏。由樫和主鷹的手下十六夜調藏匿的她，是在不久的兩週前被引出宅邸落網。

樫和主鷹藏匿吳內杏的企圖不得而知，但她落網肯定害得樫和丟盡面子。不過達也直接認識和樫和同為元老院四大老的東道青波，文彌等人也從達也口中得知東道的為人，從他們的角度來看，統治日本之「陰」的掌權者，應該不是會計較區區一名罪犯際遇的小人物。

不過達也、文彌與亞夜子都不知道樫和的為人。權力強大不保證度量也大。樫和這個人極端重視面子的可能性也不是零。

「我也在意這一點。」

達也朝著亞夜子點頭，然後同時將兩人納入視野範圍。

「所以我想委託黑羽家一份工作。」

「不是委託我們，而是黑羽家嗎？」

文彌疑惑反問，達也點頭回答「沒錯」。

「因為是要持續監視的工作。我不忍心要求你們一直蹺掉大學的課。」

「請問是什麼樣的工作？」

文彌露出「我明明不在乎」的表情，但在他說出口之前，亞夜子先詢問工作內容。

「監視十六夜調。我可以自己來是最好的，不過正在忙另一件事沒空。」

達也的「另一件事」，是對政府與軍方使用質量爆散的實作展示。關於這部分還沒對他們兩人說明，不過文彌與亞夜子都沒問「另一件事」是什麼事。

「請問要監視十六夜調的什麼？」

取而代之從文彌口中說出的，是關於受託工作的積極詢問。

「監視他是否加入下咒行列。我覺得由此可以判斷樫和主鷹認真到何種程度。」

達也回答之後，向兩人詳細說明八雲提供的情報。

「……接受情報部委託的是比叡山的咒術僧啊。」

文彌以慎重的語氣確認。

「好像不是比叡山的正式僧侶，應該是所謂的『破戒僧』吧。師父稱之為『腥和尚』，幹比古稱之為『棄都』。」

達也以間接的說法肯定。

「不提稱呼，接受情報部委託的咒術僧不是樫和大人的手下嗎？」

文彌似乎猜到達也的想法。

「我想確認這一點。我在上次的工作得知十六夜家擅長咒術。」

「十六夜家在百家之中也號稱最強，如果樫和大人真的想報復達也先生，不可能不使用十六夜家的棋子。達也先生是這麼認為的吧？」

亞夜子將推測化為言語，請達也評分。

「我是這麼認為的。」

「既然這樣，就由熟悉古式魔法的人組隊監視吧。」

從達也那裡得到好成績，亞夜子看起來很開心。

「達也先生的委託，我們接下了。」

「我們立刻安排監視小隊。」

亞夜子說完，文彌也像是和姊姊競爭般，向達也表態接下委託。

〔4〕內部分裂

對於真由美與遼介的赴美手續，並不是國防軍的所有人都否定。即使同樣是陸軍，他們的立場也各有不同。

六月十五日，星期二。得知真由美準備赴美的情報部召開祕密幹部會議，討論如何暗中妨害的這時候，習志野基地的獨立魔裝聯隊採取的行動，和情報部討論的內容成為對比。

獨立魔裝聯隊是原本隸屬於一〇一旅的獨立魔裝大隊從該旅分離改組而成的獨立聯隊。改組當初是借用習志野基地第一空降團的兵營，到了今年終於在該基地獲得自己的總部。

一名新任的士官長被叫到獨立魔裝聯隊司令官室。

這名士官長叫做渡邊摩利。今年從防衛大學畢業的她，原本和男友千葉修次一樣，志願進入通稱「拔刀隊」的第一師游擊步兵隊（因為超過小隊的規模而改組了），可惜事與願違被分發到獨立魔裝聯隊。

不限於軍中，無法分發到心目中的單位是很常見的事。而且剛就任的摩利，身心在這兩個半月都備受煎熬，甚至沒有餘力感到不滿。

現在也是突然被叫來報到，而且對方是聯隊司令官。摩利緊張到全身緊繃，就這麼在辦公桌前面等待司令官風間上校開口。

「渡邊士官長，在這裡還習慣嗎？本聯隊和防衛大學或其他部隊應該在各方面不太一樣。」

「是。沒問題。」

「這樣啊。抱歉雖然妳好不容易待習慣了，不過想麻煩妳暫時離開部隊出任務。」

「是外部任務嗎？」

「沒錯。這種任務交付給新人是特例，不過本官判斷妳是適合的人選。」

「這是下官的榮幸。無論是任何任務都會全力以赴完成。」

「回答得很好。」

摩利就這麼繃緊肩膀以拘謹態度回答，風間朝她露出柔和的笑容。

「但是不必這麼緊張。這項任務憑妳的實力不會太難。」

「懇請司令說明具體內容。」

摩利的表情肌沒動，但她並非擺出撲克臉，臉頰有點紅，不過這可不是因為被誇獎而開心，是被長官點出自己血氣方剛，因而在克制害羞心情。

「是要護衛赴美的平民。」

摩利臉上掠過疑惑表情。

不是由特務，而是必須由軍人護衛的重要人物，長官為什麼選我這種菜鳥擔任護衛？說起來，為什麼護衛的任務會落在獨立魔裝聯隊身上？如果是非得由軍方戒護的重要人物，應該由第一師之類的單位出馬吧？

——摩利內心冒出這種疑問。

摩利的這種心情瞬間反映在表情上，風間雖然察覺，卻沒有指摘或是催促她發問。

「護衛對象是妳也很熟悉的人物。是七草真由美小姐。」

因為風間知道，她只要得知護衛對象就會消除這個疑問。

「真由美嗎？啊，不對，恕下官失禮了！」

果不其然，以僵硬姿勢與表情道歉的摩利臉上露出理解的神色。

「司令，可以容許屬下發問嗎？」

但她似乎立刻冒出別的疑問。

「准妳發問。」

「是，謝謝司令。下官的任務是護衛赴美平民，但她這樣的高階魔法師出國會被認可嗎？」

風間注視摩利的雙眼。承受這雙意外強烈的視線，摩利不由得差點移開雙眼，但她拚命克制這股衝動。

「渡邊士官長。我國沒有法令限制魔法師出國。」

「啊？是！」

出人意表的這句話，使得摩利發出脫線的聲音，她連忙改口。

雖然不算是巧妙掩飾成功，不過風間（至少表面上）不在意。

「既然沒有法令，就沒有認可不認可的問題。不過高階魔法師出國必須特別注意某些風險。士官長，妳知道是什麼風險嗎？」

「……非法組織的擄人行動嗎？」

「一點都沒錯。」

風間露出滿意表情點頭，摩利內心鬆了口氣。

「實際上，在上一場世界大戰的末期，就發生了七草家現任當家也成為當事人的事件。高階魔法師自制出國也是為了避免那種悲劇重演。」

摩利默默點頭回應風間的話語。風間說的是四葉家現任當家真夜在台灣被大漢的非法特務擄走，七草家現任當家弘一想阻止卻失去單眼的往事。這個事件在魔法科高中與魔法大學都是一種禁忌，學生們絕口不提。在防衛大學卻被當成未來魔法師軍官必須知道的重大案例而列為教材。

「不過軍方不能將魔法師的自制視為理所當然而妨害他們出國。我們軍人該做的是保護日本國民。既然高階魔法師是國防上的重要存在，就要進行和重要性相應的措施以確保安全。」

「是，下官明白！」

「渡邊士官長。本官認為這次的任務是在國外保護日本魔法師的測試案例。希望妳秉持這個心態執行任務。」

「下官必定會盡棉薄之力！」

摩利使力挺直背脊敬禮，展現出絕對不是只有形式可言的熱忱。

◇

本次赴美成為謀略的火種，但是沒人告訴真由美這件事。雖說是公務，卻是首度正式出國旅行，她滿懷期待進行準備。

真由美從受命出差的隔天起就不必上班以便專心準備。現在她從伊豆的員工宿舍回到東京的老家。

機票當然已經安排妥當。預定出發的日期是二十六日，星期六。

距離前往USNA的日子還有一週的十九日傍晚。一段時間沒見面的好友寄給真由美一封電子郵件。心想好久不見卻不太驚訝而打開的這封郵件，內容是希望明天下午在真由美家見面。

事出突然，但真由美認為這湊巧是個好機會。這趟出差包括來回時間預定是一個星期，不過目的地是太平洋的另一側。真由美完全沒想過無法回到日本的可能性，不過現在這個時間點應該很適合久違見面吧。

如此心想的真由美，沒深入思考摩利找她有什麼事就回信答應。

到了二十日，星期日。摩利回應真由美「難得過來要不要一起吃個飯？」這個邀請，在正午準時造訪七草家。

「歡迎。好久不見。」

大概是很高興能見到好友，在玄關迎接她的真由美心情大好。

「是啊。上次見面是過年，所以大約半年沒見面了吧。」

將伴手禮交給真由美的摩利也以笑容回應。但是在下一秒，她的表情突然蒙上陰影。

「那個……畢業派對那件事很抱歉。」

不久前的三月，真由美從魔法大學、摩利從防衛大學畢業。慶祝畢業的派對本應在三月底舉辦，卻因為摩利沒空配合而告吹。

「妳還是在意嗎？那是工作，所以也沒辦法喔。」

培育魔法師軍官的特殊戰技研究科出身者和別科的防衛大學畢業生不同，不會升學進入幹部候補生學校。這是因為魔法師軍官人數明顯不足，所以要求畢業之後立刻到現場成為戰力。

不過就算是魔法師軍官，也並非不必學習幹部候補生學校所教的內容。為了填補制度與現實

的這道缺口，魔法師軍官在正式任官之前，實質上被迫在將來分發的單位進行「研修」。

即使如此，正常來說在畢業典禮之後，都還有三天到一週左右的自由時間，不過摩利被分發到的獨立魔裝聯隊，從防衛大學畢業典禮隔天就安排了事前研修。摩利沒能出席真由美的畢業派對是基於這個苦衷。

「好啦，進來吧。餐桌已經準備好了。」

聽到真由美招手這麼說，摩利在玄關脫鞋。

她就這麼被帶到訪客用的飯廳。真由美說已經準備好了，不過桌上只擺放餐具。難道明明是午餐卻準備了全套料理嗎？

與其說是半信半疑，不如說「疑」占了六成以上，不過摩利猜中了。兩人來到餐桌就定位之後，供餐的傭人就端了前菜過來。

「現在還是中午耶？」

「有什麼關係，畢竟好久不見。一起慢慢享受餐點吧。」

摩利不是傻眼，而是對於特地從白天就煞費苦心準備的七草家廚師與傭人抱持歉意。她也想過「早知如此應該預訂餐廳在外頭見面」，不過今天的事情要避免隔牆有耳，在摩利錢包負擔得起的普通餐廳不方便討論這件事。

至少大快朵頤吧。摩利如此心想，決定用完餐再談正事。

正式到甚至包括甜點的午餐結束之後，真由美與摩利面前擺著熱紅茶。現在是六月，不過今天從早上就在下雨，氣溫沒有上升太多，喝熱飲也不以為苦。

「……真由美，可以讓我說正經事嗎？」

「怎麼突然這麼說？」

看到摩利將茶杯放回桌上端正坐姿，真由美倍感驚訝。

摩利將她的反應解釋為答應，站了起來。

「七草小姐。本官受命在這次赴美時擔任妳的護衛。妳或許覺得不需要，但是請務必准許本官同行。」

「咦？護衛？」

真由美大吃一驚。

摩利以立正不動的姿勢等待她的回答。

「那個……我想問幾個問題，所以先坐下吧？」

「是。」

表情從朋友轉換成軍人的摩利，就這麼坐在真由美的正前方。

「……還有，可以的話希望妳以平常的語氣說話。」

不過真由美似乎難以接受摩利這種見外的態度。

「……知道了。」

交情這麼久了，摩利知道沒照做的話，真由美會鬧彆扭，所以回復為原本的語氣與態度。

「雖然不能說有問必答，不過我會盡量回答。」

「當然以妳能回答的範圍就好。我不會強迫妳洩漏機密。」

說到這裡，真由美喝口紅茶平復心情。

「……那個，首先，說起來為什麼要派人護衛我？我是沒什麼社會地位的平民啊？」

真由美首先提出最根本的問題。

「因為妳是高階魔法師。」

摩利的答案簡單明瞭。

「即使沒有權力或財力，對於犯罪組織或特務機構來說，只要是高階魔法師就值得下手。」

「高階魔法師不只我一個人喔。要是逐一派人護衛，很快就會缺乏人手吧？」

「國內與國外的狀況不同。除了四年前大量交換留學的那種例外，這幾十年來沒有民間的魔法師出國。」

「……換句話說，因為我打破慣例出國，所以必須特地派人護衛，是這麼一回事嗎？」

「先不提妳的敘述方式，總之，就是這樣。」

摩利點點頭，真由美表情一沉。她即使預料到軍方或政府會妨害這趟美國行，也沒想到會害得軍人除了原本的任務還要花費額外心力。

真由美以模糊的聲音低語。

「以國防軍的立場……」

「嗯？」

聲音不太明瞭，摩利聽不清楚。

聽到摩利反問，真由美將說到一半的話語重說一次。

「以軍方的立場，阻止我赴美不是比較快嗎？」

「沒那種事。」

摩利以堅定語氣否定。

「沒有法令限制魔法師出國。強迫他人自制會違反法治主義的原則。脫離法律的管制是民主主義國家軍隊絕對不能犯下的最大禁忌。」

然後摩利更堅定地如此斷言。

真由美以感嘆與稱讚的眼神看向這樣的她。

「好厲害！摩利，妳真是了不起。明明正式入隊至今才兩個月，妳就已經習得模範軍人的心態了！」

真由美盡情稱讚摩利。

大概是無法承受真由美看向這裡的閃亮雙眼吧。

「……不，剛才那是我從長官那裡現學現賣的。」

摩利尷尬說出實話。

「這樣啊。不過還是了不起。妳得到一個好職場了。」

即使得知真相，真由美依然不改這個正面評價。

「摩利，護衛的事情就麻煩妳了。我認為妳這位長官的判斷可以信賴。」

而且對於護衛這件事也變得樂觀面對。

「這樣啊。妳爽快答應也幫了我一個大忙。」

心境出現變化的真由美，使得摩利露出放心的表情。

[5] 魔法的存在意義

六月二十日夜晚，調布的四葉家東京總部。

這棟大樓的頂樓有達也與深雪的住家，地下有達也的個人研究室。使用這棟大樓的當然不只是達也與深雪。莉娜也住在頂樓，下方樓層是四葉家的相關人員入住。一樓到三樓是辦公室或是會議室，地下也有訓練室或是達也研究室以外的研究設施。

現在是晚餐也已經吃完的時間，然而達也不是待在自家，而是在二樓的會客室。只不過他並非在接待客人。這間會客室的隔音功能完善，所以他用來聆聽偽裝成訪客的私人部下回報消息。

「說給我聽吧，大門（Daemon）。」

坐在沙發的達也催促對方報告。這名男性不是坐在正對面的沙發，而是單腳跪地低著頭。

「是！」

低著頭回應的這名男性叫做藤林大門。藤林響子的父親藤林長正同父異母的弟弟。他是擔任達也私人諜報員的忍術使。此外雖然按照輩分是響子的叔叔，不過大門只比響子大兩歲。

三年前，前藤林家當家長正為了協助光宣逃亡而暗算達也。藤林家為了清算這個背叛行為而派來的人選就是大門。他向達也（不是向四葉家）發誓臣服，後來成為達也的私人部下效力。

達也將他稱為「大門（Daemon）」，是為了和藤林響子做個區別。雖然單純只是改變名字的念法，卻是一種代號。大門＝ｄａｅｍｏｎ。不是代表惡魔的ｄｅｍｏｎ，是ｄａｅｍｏｎ。這個名稱源自ＵＮＩＸ系列ＯＳ的常駐程式「ｄａｅｍｏｎ」。

「今天，獨立魔裝聯隊的渡邊摩利士官長出現在七草家，造訪七草真由美小姐。」

大門雖然抬起頭，卻維持跪地姿勢回答達也的問題。

「渡邊士官長嗎？」

「是的。渡邊士官長似乎受命在七草小姐赴美時擔任她的護衛。這趟訪問是為了徵得七草小姐本人的許可。」

大門是古式魔法師「忍術使」名門——藤林家的直系，擁有相應的技術。身為魔法師的能力不如前當家的哥哥，諜報技術卻反而凌駕於兄長，在藤林家獲得良好評價。正因為是這樣的他，所以要竊聽戒備森嚴的七草家宅邸內部對話也不是不可能。

而且他是達也的私人部下，所以也能用在萬一被發現將可能演變成十師族內部糾紛的任務。這就是達也沒派文彌或亞夜子，而是派大門去打探的理由。

「風間上校也支持七草小姐赴美嗎？」

「要為您調查嗎？」

「不，這就免了。風間上校是古式魔法天狗術的高手。我並不是不相信你的本事，但是以防萬一。」

大門比達也年長，達也卻不以為意使用高姿態的口吻，用意是要釐清彼此的立場。達也即使信任大門的能力，對於性格的信任度也比不上他的姪女響子。他並非對達也抱持共鳴或是好感而成為部下，始終是以藤林家成員的身分，為了補償前任當家的背信行為而在達也底下效力。為了不讓他忘記這一點，必須隨時讓他知道達也才是主人。

「無論風間上校的真意何在，還是很感謝他派人護衛七草小姐。如果是渡邊士官長，以她的個性應該不會和情報部聯手在暗中誣陷七草小姐吧。」

大門深深低頭表示理解。

達也低頭看著他，站了起來。

「辛苦了。你可以下去了。」

「關於七草小姐身邊的監視，您意下如何？」

「繼續進行。」

「遵命。」

大門再度低頭之後站起來，正常走出會客室。

大門離開，達也從沙發起身之前，會客室的門被敲響了。

「請進。」

「打擾了。」

大門的姪女藤林響子像是取代大門般出現在會客室。不，從這個時間點來看，她應該是真的在照順序等候吧。沒有一起在場的原因並不是兩人交惡，只是力求公私分明。

「藤林小姐，請坐。」

達也站起來迎接藤林，在勸她入座的同時坐在沙發上。和剛才面對大門時相比，明顯採取不同的態度。

「太空防衛隊送來那顆彗星的最新資料了。」

「太空防衛隊」是發現、觀測並且研究可能衝撞地球之近地天體的國際組織。設立於二十世紀末，日本也在同一時期成立了在地組織「日本太空防衛隊」。不是國立機構，是非營利法人。

藤林的情報來源不是國際組織的太空防衛隊，是日本太空防衛隊。並非使用非法手段，而是以前稍微協助入侵電腦而認識的研究員基於「善意」提供機密資料給她。

「現在位置是日心黃道座標的黃緯六十一度、黃經一百二十二度，距離地球約三億公里。」

「什麼時候最接近地球？」

「約兩個月後會幾乎和公轉面成為直角和地球軌道交叉，到時候的距離推測是一百五十萬公里左右。」

大概是預先知道會被問什麼，藤林流利回答達也的問題。

「大約是和月球距離的四倍嗎？當成交涉材料的話，震撼度不太夠。」

聽到她的回答，達也略顯失望。

「不，可以說非常近。」

不過藤林的見解不同。

「二十世紀末的百武彗星是和月球距離的四十倍，即使是十八世紀的萊克賽爾彗星也是和月球距離的六倍。而且該彗星的體積以平均標準來說很大，要是在中途分裂改變軌道，導致碎片灑落地球的話，至少也難免造成慘重的災難。」

「明明這麼嚴重，卻好像沒成為話題？」

聽完詳細說明，達也稍微歪過腦袋。

「太空防衛隊的協助者說，彗星核表面被像是柏油的非揮發性物質完全包覆，沒形成彗尾，所以難以觀測。」

「暫且不用擔心撞擊地球，所以隱瞞情報以免造成恐慌嗎？」

「不，我想不只是這個原因。」

「意思是？」

「剛才報告的軌道資料是在不久之前才計算完畢。接下來是否要公布，如果要公布又要以何種媒體將事實說明到何種程度，這方面應該正在討論當中。」

「原來如此。剛好對我們有利。」

對於藤林的推測，達也如此低語。

聽完藤林報告的達也，即使是深夜依然開著飛行車飛向巳燒島。車上有深雪與莉娜同行。達也原本打算一個人去，卻拗不過強硬要求同行的深雪。莉娜則是被深雪拖下水。

達也的目的是以自己的「眼」來「視認」目標彗星（達也將那顆彗星稱為「目標彗星」）。

雖說行使魔法時會成為問題的不是物理距離而是情報距離，不過從認知的難易度來看，情報距離受到物理距離的影響。若要確實讓這場實作展示成功，必須在正式進行之前認知目標。

所以，為什麼要前往巳燒島？

老實說，今晚真正的目的地不是巳燒島。

這也是達也在最後同意帶著深雪（順便加上莉娜）同行的原因。

六月二十一日，凌晨零時。

達也穿上氣密功能萬無一失的飛行裝甲服「解放裝甲」，站在巳燒島西南部的「虛擬衛星電梯」上。

在距地高度約六千四百公里軌道運行的大型太空站——衛星軌道居住設施「高千穗」和地面連結的虛擬衛星電梯，是巨大的「疑似瞬間移動」刻印魔法陣。

刻印魔法陣是刻上情報量相當於魔法式的回路，只要將想子注入回路就能發動魔法——這是大眾至今的理解。不過揭開事象干涉力真面目的達也得知這種解釋並不完整。

發動刻印魔法的時候不只是想子，產生事象干涉力的靈子波也會隨著想子釋放。想子注入刻印形成的回路打造魔法式，靈子波讓這個魔法式產生作用。

正因為是基於這份理解而改良的刻印魔法陣，才能進行長達六千四百公里的疑似瞬間移動。

達也解明事象干涉力的真面目之後，成功將親生母親以魔法後天植入之虛擬魔法演算領域發動的魔法威力提升到普通魔法的水準。

不過，他的事象干涉力（真面目是靈子波）原本是對特定魔法進行最佳化，反過來說就是沒對其他魔法進行最佳化。除了他天生擁有的魔法「分解」與「重組」，即使將事象干涉力注入其他魔法式，也無法避免效率降低。這是達也現在的極限。

因此，他無法充分發揮虛擬衛星電梯的性能。憑他一個人的能力無法抵達今晚的目的地，也就是漂浮在距地高度六千四百公里另一頭的高千穗。為此需要藉助深雪與莉娜的力量。這就是達也不得不讓步答應深雪「我想一起去」這個央求的原因。

只不過，並不是非得由深雪與莉娜才能驅動虛擬衛星電梯。操控這個刻印魔法陣的人員常駐在巳燒島，只要拜託他們就可以毫無問題前往高千穗。

此外，深雪也不是最擅長操控虛擬衛星電梯的人。只以疑似瞬間移動來說，亞夜子比深雪拿手。達也准許深雪同行（包括明天蹺課不去大學）的原因，總歸來說只是在寵她。

『這邊隨時都沒問題。』

太空中的光宣聲音經由地面的通訊設施傳來。不在今晚行程的這趟訪問，住在高千穗的光宣與水波是在短短一小時前收到這個消息，不過即使事出突然，兩人依然歡迎達也來訪。就算是再怎麼相愛的情侶，相處久了或許還是會想和他人交流吧。

「那麼，拜託了。」

站在刻印魔法陣中央的達也，以通訊機朝著距離一百公尺遠，正在魔法陣外圍待命的深雪這麼說。

『祝您一路順風。』

深雪回應達也的聲音，恭敬鞠躬說完的下一瞬間。

達也的身影從地面消失。

◇◇◇

約十秒後，達也位於漂浮在虛空的巨大前潛艦前方。是高千穗。這座衛星軌道居住設施是達也將擊沉的新蘇聯大型潛艦打撈上來改造為太空用的設施。

『請先進來吧。』

頭盔內建的通訊機傳來光宣的聲音，氣閘在同一時間開啟。這個部位在潛艦時期是飛彈垂直發射裝置。達也發動飛行魔法移動到氣閘，從該處進入高千穗。

「歡迎您大駕光臨，達也大人。」

水波在氣閘內門的另一側等待。

水波的服裝和之前陪達也他們一起住的那時候一樣。黑色連身裙與白色圍裙。高千穗的居住區有人工重力運作，所以穿裙子應該也不成問題。但她已經不是侍女，肯定不必堅持穿成這樣。

該不會是光宣的嗜好吧？

達也暗自這麼想，但當然沒說出口。

在她的帶領之下，達也進入潛艦司令所改造而成的情報中心。

面對控制台的光宣站起來迎接達也。

「歡迎你來，達也。我依照收到的資料鎖定目標彗星了。」

高千穗原本是潛艦，少量的宇宙塵或太空垃圾都能彈開。雖然這麼說，遭遇隕石或大型垃圾衝撞時也不會完好無傷。為了迴避這種威脅，這個情報中心收集太空所有的觀測資料。不只是以自有觀測機器得到的資料，包括巳燒島提供的資料，或是竊聽交錯於宇宙各處電波得到的資料，都是由這裡的電腦處理。

「我想應該沒錯，不過請確認一下。」

主畫面顯示望遠鏡的影像，副螢幕顯示各種資料。

已知目標彗星幾乎不會反射光線。雖然朝著彗星照射高聚焦度的紅外線雷射以便觀測，不過對象位於三億公里的遠方，即使是光線來回也要花費三十分鐘以上。

即使如此，正確追蹤之後還是獲得成果，望遠鏡捕捉到光線照射之後反射的紅外線。映在主螢幕的是微弱光點，卻無疑可以視認。因為是真空宇宙才得以進行光學觀測吧。就算是紅外線，在有空氣的地面肯定無法直接觀測反射光。達也預測到這個事態才特地來到這裡。

「肯定沒錯。可以把副螢幕的資料傳送給我嗎？」

達也一邊這麼說，一邊重新戴上剛才脫掉的頭盔。

「好的，沒問題……」

光宣以疑惑眼神看向達也。

「我要去外面直接看。」

達也回答他言外之意的疑問，沿著原路返回氣閘。

漆黑的宇宙空間。但是並非空無一物。左側是正值深夜的地球。雖然陽光照不到，卻不是完全被黑暗覆蓋。街道的燈火如同星群般閃耀。

右側是真正的繁星光輝。和地面看見的星辰不同，不會不穩定地閃爍。即使是遠方的小小星光也主張自己確實存在——或是主張昔日確實存在。

再度來到宇宙空間的達也參考觀測資料，轉頭看向目標彗星確定所在的座標。他操作頭盔護目鏡的設定，配合高千穗所照射紅外線雷射的頻率加掛濾鏡。

（那個嗎？）

護目鏡顯示出像是沙粒的微小光點。雖然經過光學加工，但彗星反射的光直接傳達給達也。

彗星與達也之間建立情報通道。

達也以這條通道為線索，靠著精靈之眼「視認」目標衛星。

（捕捉到了。）

這麼一來，達也隨時都可以觀測目標彗星的情報體。

◇◇◇

凌晨一點。達也以光宣發動的疑似瞬間移動回到地面。

深雪與莉娜在巳燒島的虛擬衛星電梯等待。

「難道妳一直在等？」

終究難掩驚訝的達也詢問深雪。

「其實我很想這麼做，卻被莉娜制止了。」

深雪感到遺憾般回答。莉娜在一旁輕聲說「那當然吧」。

「我改為拜託水波，請她事前告知達也大人回來的時間。」

「所以嗎……」

達也在目標彗星加上情報印記返回高千穗內部之後，水波熱心邀他休息一下。其實達也想立刻回去，不過水波難得為他泡了茶（是花草茶），感覺拒絕的話很無情，所以只享用了一杯。這大概是在為深雪爭取時間吧。

「我無論如何都想迎接達也大人回來……不可以嗎？」

「不，並不是不可以。」

脫下頭盔的達也以溫柔眼神看向深雪。

「所以達也，事情辦得如何？」

此時莉娜略微強行插話。或許她下意識抗拒場中氣氛變得甜蜜。

「已經視認目標了。隨時都能攻擊。」

看向莉娜的達也露出戰士的表情。

◇◇◇

六月二十一日，星期一。

達也從昨晚就留在巳燒島。這天不用說當然是平日，但是深雪與莉娜也陪著他。看來兩人今天果然蹺課不去大學。

三人位於島嶼西北部，四葉家私有大樓群的其中一棟。這棟大樓是四葉家幹部滯留在巳燒島時的起居室，和用來進行島嶼管理、島內與周邊海域之監視、自衛的情報處理暨通訊設施（通稱「指令室」）所在的大樓相鄰並且合為一體。相鄰的大樓地下也有魔法研究設施，不過這裡目前是達也的個人研究室。

現在，達也他們三人所坐的房間不是起居室或研究室，是指令室。訪客不只他們三人。平常由專任管制員坐鎮的通訊機前面，現在是藤林響子面向控制台。

「常務，線路確保完畢。隨時可以傳訊。」

藤林向達也這麼說。

「知道了。看來時間也正好，請傳送吧。」

達也就這麼坐在會議桌的椅子回應。

現在時刻是上午十點半。即使是忙碌到深夜的部門，這時候也差不多開始工作了。或許有人正在開會或是外出，不過這種人只要在方便的時間聽完訊息就好。

「收到。開始傳送訊息。」

接到達也的指示，藤林傳送了播放時限設定為下午五點的語音訊息。

上午十點四十分。像是把防火牆當成完全不存在般輕易突破，突然傳送進來的這段訊息，使得防衛省張皇失措。

在現代的諜報領域，光是看見或聽到就能對精神造成傷害或是植入暗示的影像與聲音已經進入實用階段。由於本身是普通的影片或聲音，所以不會被當成病毒擋掉。為此，以防衛省為首的中央政府機關利用了一套系統，對於錄影或錄音檔案會先行隔離檢閱，如果是即時通訊則會在認定有害的階段直接阻斷。

這套系統輕易被突破。而且寄件人不是普通人。

傳送語音檔案的是那個「司波達也」。

達也這段完全沒接受檢閱的訊息，不只事務次官或統合軍令部長（※相當於統合幕僚長），連防衛大臣都聽到了。

防衛省內部產生混亂，是因為該怎麼處理這段訊息的意見沒能整合。

有人主張對達也進行嚴格的法律處置，但是這個意見立刻被駁回。沒有證據斷定該訊息是非法入侵。光從通訊記錄來看，這只是一封合法的電子郵件。依照留下的記錄來判斷，結論是防火牆在收到郵件的瞬間湊巧發生功能障礙。這對於達也來說是過於稱心如意的巧合，卻無望找到推翻這份資料的證據。

而且訊息內容本身沒有犯罪性質，只是不明就裡罷了。

簡單來說是「明天凌晨四點，請觀測日心黃道座標黃緯六十度到六十一度、黃經一百二十一度到一百二十三度的夜空，不過以望遠鏡直視的話恐怕導致失明」這樣的訊息。

下午一點，在陸軍情報部，犬飼與恩田被叫進部長的個人房。

「犬飼副部長，報告司波達也所傳送訊息的調查結果。」

「是。首先訊息本身沒發現可疑之處。沒有暗藏惡意程式的形跡，語音也沒找到特別加工的痕跡。」

「大臣不小心播放訊息而住進醫院的荒唐事態……看來不必擔心發生了。」

部長不屑般低語。犬飼維持正經八百的表情，不過恩田稍微露出苦笑。

「訊息從府中市的民宅發送出來。是司波達也直到三年前春天所住的獨棟住宅，持有人是司波龍郎，司波達也未婚妻的父親。」

犬飼沒對部長的自言自語說些什麼，繼續報告。

「表面上沒有疑點是吧。要是ＩＰ位址被竄改，就能當成理由著手調查了。」

「真正的傳訊源頭應該在其他地方，不過如您所說，找不到違法要素。」

犬飼的附和使得部長眉頭深鎖。

「除此之外呢？」

「沒有了。」

犬飼也不願意在上司不高興的狀況下做結，但是沒有情報可以報告就沒辦法了。說起來，收到那則問題訊息至今才經過三小時左右，即使要調查也太趕了。

部長面露失望神情，視線從犬飼移向恩田。

「司波達也指定的宙域有一顆最近發現的彗星。」

恩田回應部長無言的要求開始報告。

「彗星？」

「正確來說是軌道還沒計算完畢，推測是彗星的天體。依照現在的計算，預估大約一個月後會在一百五十萬公里的距離掠過地球。」

「一百五十萬公里的話……是距離月球的四倍嗎？」

以心算大致算出結果的部長皺起眉頭。

「這……不是很近嗎？」

「是的。專家說這麼接近的彗星是特例。」

「而且是一個月後的事？這種情報為什麼沒傳送到我們這裡？」

認知到事態的嚴重性之後，部長厲聲詢問。

「請放心。據說幾乎不用擔心撞擊。」

「機率不是零吧！情報來源是日本太空防衛隊嗎？」

「是的。」

「那邊的研究員抓著情報不放？」

「不，看來不是。對方辯稱該天體幾乎不反射光線，所以很晚才發現。」

「應該沒讓媒體知道吧？」

「屬下立刻封口了。對方似乎也充分理解嚴重性，對這顆彗星的相關情報進行嚴謹管理。」

聽到恩田的回答，情報部部長臉上浮現的焦躁稍微緩和。

「如果平民知道這件事，可能會產生恐慌。不只是太空防衛隊，也要好好盯著媒體。」

「請交給屬下。」

聽到部長的指示，恩田充滿自信打包票。

「請等一下……」

雖然應該不是要吹毛求疵，不過犬飼疑惑發問。

「既然司波達也那則訊息指定的座標和那顆彗星一致，那麼這份情報至少已經洩漏給司波達也那群人了吧？」

犬飼的指摘使得部長與恩田表情緊繃。

「…………」

「…………」

不只恩田，犬飼也保持沉默觀察上司的臉色。

「……那個傢伙在打什麼主意？」

經過短暫的沉默，部長擠出這句呻吟。

或許該說理所當然，可惜這個問題沒有答案。

這天，深雪與莉娜到最後留在巳燒島沒回東京。

達也預定在明天凌晨的實作展示使用這裡的設施，所以深雪不回去可說是理所當然。而且莉娜即使赴美（回國？）日期將近也依然陪深雪留下來。

基於這段原委，三人一起在巳燒島的「別墅」提早吃晚餐。

「達也，差不多可以告訴我了嗎？」

這是莉娜在晚餐席上向達也問的問題——看來深雪忘記向莉娜說明了。

「明天具體來說要做什麼？『質量爆散』原本的用途是什麼？」

聽到莉娜這個問題，達也露出略顯捉弄的表情停下筷子。

「妳不是已經知道了嗎？」

達也像是調侃又像是試探般反問。

「我想聽你親口說。」

說來意外，莉娜沒被挑釁。

「莉娜，妳認為魔法『原本』的用途是什麼？」

不過達也的個性沒有好到會在這時候乾脆回答。

「比方說妳的『重金屬爆散』，妳認為是用來做什麼的魔法？」

「用來做什麼……你是問魔法的存在意義嗎？」

「沒錯。」

這個出乎意料的詢問，使得莉娜露出吃驚表情開始思考。

「……我不知道。魔法有什麼存在意義嗎？如果有，那麼是誰來決定的？」

莉娜舉起白旗。

對於她的回答，達也說「一點都沒錯」滿意點頭。

「咦？什麼意思？」

「魔法原本的目的，魔法的存在意義有誰能決定？假設存在著這種人，我們也無從得知。那麼自身魔法的意義就必須由自己決定。妳不這麼認為嗎？」

「呃，嗯，沒錯。」

莉娜暫且點頭同意，但她明顯跟不上這個話題。

「回到正題吧。」

看到莉娜這個樣子，達也大概覺得害她更加混亂也不太好，聲音不再帶著捉弄的氣息。

「我認為無論投入何種戰場，『質量爆散』都是過剩的戰力。」

「……我贊成。」

話題突然變成「戰爭」，莉娜的困惑表情變得嚴肅。

「不過這也無疑是『我』的魔法。我覺得不該害怕威力而封印，而是積極找到用途。必須由我自己決定原本的用途。」

「這就是剛才提到的魔法存在意義吧？」

莉娜以正經表情反問。

她旁邊的深雪以類似表情聆聽達也的話語。

晚餐完全中斷，但是所有人都不在意。

「在戰場無法使用。就算這麼說，也不能改為用在像是能源這種生產方面的目的。那個魔法的破壞性太強。」

能量並不是愈大愈好。要是瞬間熱量過大，實際上不可能轉換成易於利用的動力。「質量爆散」從一百公克的少許質量瞬間產生的熱量，是約一世紀前商用核子反應爐熱功率的七至八倍。這種熱量基本上沒辦法容納。

「為了有效活用那個魔法，需要某個能將原本破壞力百分百施放的對象。基於破壞本身以外的目的，為了破壞而破壞。不過地球上沒有這種東西。」

莉娜開口似乎要說些什麼。

但是她發不出聲音。

「但是在地球外側，在宇宙，有一種可以有效利用這種破壞力的用途。」

達也說到這裡暫時停頓，因為不只是莉娜，深雪也似乎想說些什麼。不過視線移過去之後，反倒是深雪以眼神催促他說下去。

「防止天體撞擊的災害。外部天體撞擊地球產生災害的機率很低，但是實際發生的話會造成莫大的損害。」

「像是引起白堊紀末期大量生物滅絕的小行星嗎？」

莉娜問。

「即使規模沒那麼大，也有通古斯大爆炸那樣的案例。」

深雪如此補充。

達也點頭回應兩人。

「——會在地面引發毀滅性災害的大型隕石、小行星或是彗星，預先以魔法在太空炸毀以免撞擊地球。我認為這是『質量爆散』最有益的用途，並且決定將此當成『質量爆散』原本的使用目的。」

「你想在這次實際證明這一點是吧。」

莉娜露出信服的表情這麼說。

「即使天體撞擊的機率再怎麼低，也是絕對不能忽視，又會延續到未來的風險。您要提出解決之道，藉以向多數派展示魔法人的價值是吧？」

深雪以愉快的聲音問。

「也有包括這一面，不過這次有另一個主要目的。」

但是達也沒同意深雪的說法。

「為了避免毀滅，魔法人與多數派必須進行全球規模的合作。我想在這次展示這一點。」

「……看來以我到達的境界，還無法理解達也大人的深謀遠慮。」

自以為已經理解達也的意圖，卻只是自己的誤解。深雪明白了這一點。

但她沒有引以為恥，反倒是驕傲接受。

[6] 示威

集結巳燒島中樞機能的四葉家大樓，是這座島用為魔法師重刑犯之刑事收容設施那時候的監獄管理者設施改裝而成的八層樓建築。和相鄰同樣是八層樓建築的前管理者居住用大樓整合為一體，四葉家內部大多將這對雙子大樓統稱為「巳燒島分部」。此外前者的正式名稱是「巳燒島管理大樓」、後者是「巳燒島第四大樓」——但是第一、第二與第三大樓不存在。

六月二十二日星期二凌晨三點。達也站在管理大樓的頂樓。這層樓的壁面與天花板都是類似天文館（但是沒有觀眾席）的圓頂型螢幕，播放的影像無論是地面或宇宙都充滿臨場感。原本的用途是享受虛擬觀光旅行的娛樂設施，對於達也來說卻是瞄準用的畫面。同一棟大樓指令室的主畫面也能發揮相同功能，不過他認為這邊的比較易於使用。

達也手上是步槍形態的ＣＡＤ。不是昔日獨立魔裝大隊製作的「第三隻眼」。是四葉家以原版為基礎獨自組裝製作，對「質量爆散」進行最佳化的專用ＣＡＤ。四葉家內部以「第三隻眼II」這個毫無創意或巧思的名字稱呼。並不是沒人提出「明明是『第三』還加上『II』成何體統」這種堅持，不過身為使用者的達也完全不在意。

如今，圓頂型螢幕投影出宇宙的樣貌。不是從地面看見的宇宙，是地板配合公轉黃道面調整傾斜角度而成的星空。

達也高舉ＣＡＤ，窺視近似光學瞄準鏡的瞄準裝置。上面顯示著和投影星空連動的星辰擴大影像，以及日心黃道座標黃緯與黃經的十字標線。

達也將ＣＡＤ的角度微調為黃緯六十一度、黃經一百二十二度，同時使用精靈之眼「視認」目標彗星。

目標彗星在瞄準裝置的螢幕上顯示為一個小點，卻稍微偏離十字線的交點。達也微調ＣＡＤ的角度瞄準之後，暫時放下ＣＡＤ。

「現在時間是？」

「三點二十一分。」

回答達也問題的是在後方牆邊待命的達也私人管家——花菱兵庫。

「達也大人，要休息一下嗎？」

這句話是深雪說的。她在搬進來的圓桌擺上剛泡好的咖啡。

「說得也是。來享用吧。」

距離開始時間還有二十分鐘出頭。動作測試順利完成，所以時間有些餘裕。達也決定暫時解除緊張。

達也走向桌子，途中將「第三隻眼II」交給兵庫。他一就座，深雪就坐在他的左側。

達也拿起杯子，深雪以雙手放在膝蓋的高雅姿勢露出微笑注視。

「還沒開始吧？」

此時，莉娜隨著這句話趕了過來。

「放心，還沒到預定時間。」

深雪就這麼將臉固定在達也的方向回答。

「想睡的話不用硬撐沒關係的。」

達也將杯子移開嘴邊，看向莉娜這麼說。

「我才不要。這麼重要的事件哪能錯過？」

莉娜說著坐在深雪的正對面。「咖啡還有多的嗎？」她問。

「理奈大小姐，請用。」

兵庫在莉娜前方擺了附碟子的咖啡杯，以不同於深雪另外準備的咖啡壺倒咖啡。「理奈」是莉娜現在的正式名字。

「請問要用牛奶嗎？」

「我自己加。」

聽到莉娜的回答，兵庫將白色的陶瓷奶盅放在她面前。

「那是CAD？」

莉娜灌下加了滿滿牛奶的咖啡趕走睡意，看向掛在步槍架上的「第三隻眼II」詢問。

「是的。是達也大人專用，『質量爆散』專用的CAD。」

「上次使用那個魔法是『灼熱萬聖節』吧？CAD的動作測試……唯獨以你的狀況，肯定是萬無一失吧。」

「並不是相隔五年再度使用喔。我試射過了。」

達也這段話使得莉娜睜大雙眼露出驚愕表情。

「咦，什麼時候？」

「要狙擊數億公里遠的天體，不可能毫無預先練習就挑戰吧？」

「說……說得也是。」

達也的回答不具體，卻足以令莉娜接受。

「……說到怪事，最近穗香的樣子怪怪的。不過看起來不是受到詛咒。」

「這麼說來，總覺得她不太對勁，應該說口是心非。」

為了消磨等候的時間而閒聊時，聆聽深雪與莉娜說明大學近況的達也，對於這個出乎意料的話題蹙眉。

「先不提口是心非這種形容方式，不過我也經常覺得穗香像是莉娜說的那樣。該說從言行舉止感覺不出她真正的內心嗎……」

這件事或許非同小可。達也如此心想。

「達也大人，時間到了。」

但是現在沒有寬裕的時間慢慢思考。兵庫告知預定時刻已到，達也向他點頭之後立刻起身。

「達也大人，非常抱歉！在您辦要事之前說這種話題擾亂您的內心……」

深雪連忙向達也道歉。

「無妨，這件事晚點再重新說給我聽吧。」

不過達也已經完全切換意識。穗香那件事完全從他的意識切割出去，注意力集中在接下來要進行的實作展示——這麼做或許無情，然而從好壞兩方面來看，司波達也就是這樣的人。

達也從兵庫那裡接過質量爆散專用ＣＡＤ「第三隻眼Ⅱ」，站在房間中央擺好姿勢。

時間是凌晨三點四十三分。

和目標彗星的物理距離約三億公里，也就是一千光秒，所以彗星產生的變化，在地球要經過約十六分四十秒才觀測得到。

因此，為了讓別人在凌晨四點觀測，發動時間設定為凌晨三點四十三分二十秒。

「達也大人，要為您倒數嗎？」

兵庫詢問高舉CAD的達也。

「麻煩從十秒前倒數。」

達也回應之後，窺視近似光學瞄準鏡的瞄準裝置。

CAD的「槍口」輕輕一動之後完全靜止。

維持這個狀態經過十幾秒。

達也像是化為雕像般動也不動。

「十，九，八，七……」

然後，兵庫開始倒數。

達也依然文風不動。

「……三，二，一。」

達也在「一」的時候扣下扳機。

步槍造型CAD的扳機是用來輸出啟動式的開關。並不是扣下扳機就能發射魔法。

朝著距離三億公里遠的目標，產生超破壞力的質能轉換魔法。

「質量爆散」的魔法式，達也花費一秒的時間仔細建構，施放在目標對象的彗星表面。

魔法不受物理距離影響，瞬間產生作用。使用魔法學的嚴謹形容方式來說，魔法作用於時間的外側。

達也施放的「質量爆散」比光還快，不對，是超越「速度」這個概念，將平均直徑二十公里扭曲球形彗星的表面積一成、深度十公尺範圍的「柏油」轉換為純能量。

「光」不是被釋放出來的。以反物質反應的狀況來說，正物質與反物質會變換為光子與中微子。經由反物質反應產生的能量實際上是高能量光子，也就是γ射線。

相對的，達也的「質量爆散」將物質只轉換為能量。轉換質量產生的能量，從消滅的物質傳達給相鄰的物質，相鄰物質的分子間作用力被切斷，分子成為原子，原子分割為電子與原子核，由此產生的電漿獲得龐大動能，甚至引起局部的原子核分解與中子衰變。

因為「質量爆散」發動而觀測到的破壞力，幾乎都是相鄰物質變化之後的電漿動能。電漿相互撞擊導致外側物質產生高溫，繼續擴大破壞範圍，就這樣造成巨大的爆炸。

這個現象發生在天體表面會如何？

爆炸的反作用力，使得天體「中彈」的表面獲得強大的反向推力，換句話說，軌道會大幅偏移。要是天體承受不住爆炸威力，炸碎的碎片會朝著中彈表面的反方向飛散。

中了「質量爆散」的天體，從原先的軌道被震開彈飛。

◇　◇　◇

即使天還沒亮，防衛省裡具備大型螢幕的會議室依然聚集了事務次官、統合軍令部長以及底下的文官組與武官組雙方幹部——此外防衛大臣古澤沒來。

該螢幕和日本最大的天文台連線，以黃緯六十度、黃經一百二十二度為中心，映出放大倍率最大的即時星空影像。

所有人默默注視大型螢幕。

角落顯示的數位時間愈接近凌晨四點，室內的空氣愈加緊張。

「到底會發生什麼事……」

大概是無法承受這股快要窒息的氣氛，文官組龍頭的事務次官輕聲說。

「次官，時間快到了。」

武官組龍頭的統合軍令部長對他的呢喃起反應，大概因為他也想稍微緩和壓力吧。

之後沒有更進一步的呢喃對話。

喘不過氣的沉默與緊繃的空氣再度充滿會議室。

到了凌晨四點。

「怎麼了……？發生了什麼事？」

還沒認清說出這句話的人是誰，所有人就共同感受到異狀。

◇◇◇

發動「質量爆散」之後，達也等四人（達也、深雪、莉娜、兵庫）移動到指令室。

在那裡等待結果被觀測。

凌晨四點，管制員發出興奮的聲音。

「確認目標彗星表面有高能量反應！要確認軌道變化請稍候片刻。」

經過十五分鐘後。

「確認目標彗星的崩毀以及碎片的軌道。彗星碎片全部飄向太陽系外側。此外崩毀原因推測是構成彗星的冰塊大半蒸發。」

聽完管制員克制音調的報告，達也回以「辛苦你了」這句慰勞。

然後他轉身面向深雪等人。

「如你們聽到的，得到了幾乎符合計算的結果。」

達也說完之後露出笑容。

◇◇◇

——發生了什麼事？

統合軍令部長說出的這個疑問，在三十分鐘後獲得答案。

「打擾了。日本太空防衛隊提供的資料已經驗證完畢。」

「繼續說下去。」

得到事務次官的說明，拿報告書過來的恩田課長唸出內容。

「原本正在接近地球，推測是軌道未確定彗星的直徑二十公里天體，因為表面產生高熱導致大半質量蒸發而崩毀，碎片已經飛向太陽系外圍方向的樣子。」

「高熱……？那是什麼？」

「報告沒寫到關於高熱真面目與原因的推測，應該是現階段尚未查明。報告到此結束。」

「——恩田課長。」

確認事務次官與統合軍令部長暫時沒要發言，參謀總部長明山向恩田開口。

「可能造成地球莫大危害，疑似彗星的天體被破壞，地球受到撞擊而釀災的風險已經消滅。我可以這麼下結論嗎？」

「是，總部長，我也認為這是最妥當的解釋。」

「而且那個司波達也有參與本次事件……不，別用拐彎抹角的說法吧。司波達也以戰略性魔法將天體打出太陽系了，應該是這麼回事吧。」

「從至今的原委來看，這應該是最高的可能性。」

恩田突然回答得結結巴巴。語氣感覺得到他也難以相信，不，應該說難以接受自己說出來的這件事。

「將三億公里遠方，直徑二十公里的天體打碎？打飛？」

聲音顫抖的是文官組幹部之一——政策局長。

「……這簡直是神或惡魔的作為吧？那個魔法師真的是人類嗎？」

沒人回答。會議室鴉雀無聲。

◇　◇　◇

炸毀彗星之後，達也小睡片刻。

他在鈴響之前醒來，拿起床邊矮桌的鬧鐘。

時間是上午八點四十分。看來原本只想小睡卻睡了三個小時。總之，為了防止自己睡過頭，設定在非得起床的時間會響的鬧鐘還沒響，所以應該不算是失態吧。

不知道是累了還是精神放鬆了。達也對於自己「人類的一面」稍微露出苦笑。

達也之所以沒能立刻起身，是因為左手失去自由。

他轉頭看向左側。

深雪以雙手將他的左手抱在懷裡，發出幸福熟睡的呼吸聲。

兩人同床共眠並不稀奇。沒有進展為夜晚的交歡，大概是因為以兄妹身分共度的時間較長。

讓她睡到鬧鐘響吧——達也看著深雪像是在微笑的幸福睡臉心想。

「唔……嗯。」

不過深雪即使睡著，也不可能沒察覺達也的視線。

達也心想「讓她睡」的下一瞬間，深雪長長的睫毛顫動，眼皮平順張開。

「達也大人，早安。」

深雪就這麼抱著達也的手臂幸福一笑。

然後她依依不捨般放開達也左手，比達也先起床。

「請問要吃早餐嗎？」

凌晨的彗星爆破行動並非徹夜進行。昨晚是在晚間九點睡到凌晨兩點之後挑戰那個任務。

當時起床立刻吃的不是早餐，是簡單的宵夜。不過因為還是深夜，所以分量比較節制。

「麻煩簡單一點就好。」

「遵命。」

深雪下床之後，朝著床上坐起身子的達也恭敬鞠躬。

達也在十一點進行下一個行動。剛才奉陪到天亮的對象差不多是在這時候開始工作，他基於這個判斷而定在這個時間行動。

「請幫我接通。」

他命令藤林撥打直通參謀總部長的電話。

國防軍統合軍令部參謀總部的總部長室。

這個房間的主人——明山總部長，看著直通電話的來電訊號疑惑蹙眉。

他從今天凌晨就完全沒闔眼。

那個令人戰慄的彗星爆破行動該如何評價以及對應？他一直窩在房間整理這些思緒。因為不想被干擾，所以已經指示擔任祕書的副官拒絕訪客，也不接通任何電話才對。

明山懷著滿滿的疑惑，按下電話的接聽鍵。

沒主動說話，而是注意聆聽揚聲器。針對催眠暗示語音的保全系統當然萬無一失。檢測到這種成分的瞬間，通話就會被自動阻斷。

『打擾了，明山閣下。我是司波達也。』

不過一聽到這個聲音，明山被另一種危機意識驅使，差點從椅子上彈起來。

『請問現在時間方便嗎？』

「啊……啊啊，沒關係。」

明山硬是壓下慌張心情回應電話裡的聲音。雖然很想問清楚對方到底是怎麼撥進這條直通線路，不過現在先放到一旁。令他苦惱的對象現在主動聯繫了。明山有其他問題想問。

『謝謝。今天早上的「實驗」，請問您看了嗎？』

「——我看了。」

明山自覺聲音沙啞。

他在繼續說下去之前清了清喉嚨。

「……那個究竟是什麼意思？」

『您說「什麼意思」是指？』

「你有什麼目的？」

『這個嘛，直接的目的是防止天體撞擊災害的實證實驗。如您先前所見，帶來毀滅性災害的近地天體撞擊，可以用魔法避免。』

「所以這是顯示魔法益處的實作展示是吧？」

『不太一樣。事情有點說來話長，請問沒關係嗎？』

「無妨。說明一下吧。」

嘴裡這麼說的明山，後知後覺般以眼睛確認錄音燈號是亮的。

『從結論來說是魔法技術與科學技術的合作。那場實驗是展示雙方合作的有效性。』

「科學技術？」

『說成「自然科學技術」應該比較正確。以這次的例子來說是天文學。我想閣下對於魔法技術相當熟悉，關於魔法發動程序的細部理論就省略吧。』

達也這段話不是客套話。明山自己沒有魔法技能，但他在國防軍幹部之中也是為人所知的親魔法師派軍人。

『我在這裡想說的是，如果無法認知目標的存在，任何魔法都派不上用場。』

「這不是當然的嗎？」明山差點這麼說卻打消念頭。

「……即使是危險的天體，沒能發現的話就無從應對是嗎？」

『您說的沒錯。這次的彗星，如果沒有設備與觀測體制完善的天文台就難以發現。要是彗星接近到以市售望遠鏡就能發現的距離，可能無法迴避碎片撞擊。』

「……所以呢？」

『假設危險的天體是從日本無法觀測的南天球接近，依照現行的體制，我無法處理。』

「為什麼？不是只要有天文座標與影像檔案就能鎖定目標嗎？」

『如果是地球上，不對，是月球軌道範圍內的目標，我只靠座標與影像也可以炸掉……』

明山背脊一顫。光靠資料就能轟炸地球上任何地方。明山知道這個情報。不過重新聽達也本人這麼一說，從腳底竄上來纏住身體的這份戰慄甩也甩不掉。

『但如果是在幾百萬、幾千萬公里的遠方，為求確實，我必須親自前往天文台觀測。』

達也這段話有點誇張。其實只靠資料也可以建立情報通道，不過他說親自觀測比較確實並非謊言。

『既然魔法仰賴Magist（魔法師）的認知，那麼這並非我一個人的極限，可以說是魔法直到未來都存在的限制條件吧。』

「Magist」這個名詞很陌生，不過明山在發問之前自行想到這是「魔法師」的意思，是達也新開始使用的名稱。

「總歸來說，如果想利用魔法迴避未來的天體撞擊災害，就必須讓魔法師自由利用全世界的天文台。這就是你想說的嗎？」

『不只是迴避天體撞擊。魔法這種技能依照不同的魔法師明確區分擅長的領域。如果要以魔法抑制各種災害發生的風險以及損害規模，就必須讓適任的魔法師自由移動到需要的場所。』

「…………」

明山覺得必須反駁，但是腦海沒浮現反駁的話語。

『不然的話，原本可以得救的許多人命，將會在原本肯定可以防範的毀滅之中喪失吧。為了不讓魔法僅止於破壞與殺戮的工具，而是用來促進人類社會的繁榮與存續，魔法與科學的世界必須自由合作。』

達也說到這裡暫時打住。

『此外，我當然希望魔法在未來能為繁榮與存續有所貢獻。』

他在停頓片刻之後補充這句話。

「這是在……要求我認可魔法師有移動的自由嗎？」

『總部長閣下。無論是不是魔法師，國民都被認可有移動的自由。已經擁有的自由有什麼好要求的？我說的是人類社會未來的話題。』

「…………」

『墜落日本的隕石情報沒告知魔法師，因而沒能迎擊的這種事態，我希望今後不會發生。』

「這樣啊……」

『是的。那麼閣下，謝謝您撥出寶貴的時間給我。打擾了。』

明山暫時不發一語，注視沉默下來的揚聲器。

直到昨天都不曾在意，隕石落在自己頭上的風險。

確實來臨，無法避免的自身之死——正常來說，以至今的世間來說是如此。

不過，只要有司波達也的魔法，就可以避免這種毀滅。

要是蔑視魔法師的權利，即使隕石落在東京也會袖手旁觀——明山覺得達也像是在這麼說。

二十二日下午，防衛省召開緊急幹部會議，而且也要求防衛大臣古澤出席。

參謀總部長明山公開他和達也以電話對談的內容，強烈主張和魔法師的合作關係變得比以往還要重要。

關於魔法師的出國限制，古澤以「不是沒有這種法令嗎」這句話表態，這名新生代大臣只以「表面合法性」為論點如此登高一呼，使得陸軍情報部妨害真由美與遼介赴美的計畫甚至不用中止，而是被當作從一開始就不存在——古澤大臣這段發言的背後，暗藏先前和七草弘一見面時被植入的危機意識。雖然是事後諸葛，不過犬飼唆使古澤說服弘一的這個企圖適得其反了。

[7] 了結

達也他們回到調布大樓，是二十二日傍晚六點的事。

深雪是四葉家下任當家，達也是恆星爐設施營運公司的社長。除了對防衛省的實作展示，還有很多必須在巳燒島處理的工作。這些工作告一段落的時候已經接近日落時分。

不提達也，深雪心情上想在巳燒島多住一晚，不過已經連續兩天蹺課沒去大學，而且也不能拿工作當理由。達也還可以說是為了達成魔法人聯社的目的，但深雪是隨侍達也，莉娜則是陪深雪同行，要是繼續缺席，以學業來說是不被允許的事——不對，是達也不允許這種事。

調布的四葉家東京總部大樓。抵達頂樓的自家沒多久，具體來說是五分鐘後，達也接到文彌與亞夜子要求准許拜訪的電話。

達也在三樓的餐廳和兩人見面。現在才開始準備餐點，對於深雪的負擔很大。如此心想的達也訂了五人份的位子。

這間餐廳經過改裝之後備有六間包廂，可以一邊用餐一邊進行祕密會談。利用的客人只限於

四葉家相關人員。

在其中最高級，換言之就是戒備最森嚴的包廂裡，達也、深雪、莉娜、文彌與亞夜子同桌而坐。座位分配是達也旁邊坐著深雪，正對面是文彌。深雪旁邊是莉娜，正對面是亞夜子。

「達也大人，您辛苦了。」

塗上口紅與黑色指甲油的文彌（指甲油是男性使用也不奇怪的中性款式）率先慰勞達也。

「謝謝。文彌與亞夜子看來也很努力。」

達也委託文彌他們監視古式魔法的名門，號稱百家最強的十六夜家某人，具體來說是當家的弟弟十六夜調。委託內容是監視對方是否使用咒術，所以肯定是二十四小時全天候體制，負擔比起單純監視外出沉重得多。

當然不是只有兩人負責監視，主力想必反倒是黑羽家的部下。但這份工作不是由四葉家當家命令黑羽家當家，而是達也委託兩人。部下的指揮與管理肯定由接下委託的文彌與亞夜子擔任。推測兩人精神上的負擔應該比一直獨自盯哨還要沉重。

「那當然。因為這是達也先生信賴我們而交付的工作。」

以妝容與禮服全副武裝的亞夜子，向達也嫣然一笑如此回答。文彌看起來再怎麼像是美女，亞夜子擁有的醉人魅力也絕對不是他能醞釀出來的。

要是對已婚男性這麼做，或許會造成家庭破碎。即使是未婚男性，只要不是單身，和女友或

未婚妻的關係也可能出現裂痕。因為對方是達也，亞夜子才能「胡鬧」到這種程度。

「但是別勉強啊。」

達也直接無視於亞夜子的秋波。

文彌瞬間繃緊臉部，大概是忍著避免失笑吧。他肯定覺得這時候笑出來會惹姊姊不高興。

「目前十六夜調沒有可疑的舉動。」

文彌刻意裝出正經表情向達也搭話，防止離題於未然。

「這樣啊。依照師父所說，這次是比叡山，更正，是天台密教系的破戒僧接下詛咒的委託。十六夜調介入的可能性很低。我這邊已經告一段落，既然他到今天都沒有接下委託的痕跡，你們可以解除監視了。」

原本是因為達也要向政府與軍方進行實作展示忙不過來，才會委託文彌他們監視十六夜調。如今彗星爆破行動以成功做結，現在是等待國防軍出牌的狀況。達也可以自己監視十六夜調。

「不，現在才三天，我會繼續監視一陣子。」

不過文彌主張繼續進行。

「因為我想趁這個機會詳細調查十六夜調。」

文彌前幾天追捕進人類戰線領袖的時候，面對十六夜調的魔法難以招架，看來他從這段記憶認定對方是必須注意的人物。

既然是這個原因，達也也認為不必收回委託。

「那就繼續拜託了。」

後來眾人以魔法大學的日常為話題，進入可享用酒精飲料的和樂晚餐時光。

◇　◇　◇

向達也朋友圈的女性下咒，向達也施加心理壓力。陸軍情報部這個卑劣的作戰，因為防衛大臣膚淺的一聲令下而中止。

不過「陰」的掌權者元老院四大老在這項任務背後推了一把。不，可以說原先的提案者就是四大老的樫和主鷹。不知道這種內幕（甚至連元老院的存在本身都不知道）的新生代大臣輕易下令中止，不過從一開始就參與這件事的人不會只回答「好，停止吧」就罷休。

陸軍情報部副部長之一（副部長不只一人）的犬飼為了說明事情原委與謝罪，向樫和主鷹請求面會。

『大師表示用不著特地前來道歉。』

決定中止作戰當天，犬飼就直接前往樫和代理人所在的律師事務所，親手遞出懇求面會的信

函。到了第二天，律師打電話過來的第一句話就是這麼說。

「可是這麼一來不只是我，西苑寺也嚥不下這口氣！可以請大師務必再考慮一次嗎？」

犬飼拿出前陸軍上將西苑寺的名字不肯放棄。對於知道元老院權力的犬飼來說，四大老的拒絕聽起來等同於宣告死刑。

『嚥不下這口氣嗎？不過大師說「不用在意」，你聽不懂嗎？』

但是代理人的態度冷淡得超乎預料。

『大師理解你的立場。無論基於什麼原委，也要遵從大臣這位組織龍頭的決定，這才是聰明的處世之道。』

犬飼無法將這段話照單全收。

「不聽我的話，而是聽大臣的話嗎？」樫和的這句詢問，伴隨著不像是幻聽的真實性傳入犬飼耳中。

和律師的這通電話結束之後，犬飼取消所有工作，去找先前使用樫和的介紹函委託下咒的前密教僧。

之所以加上「前」，是因為這名咒術師早就被逐出師門。如果是正當的宗教組織，即使容許門徒學習咒術當成一種技術或是對抗手段，也不會認同門徒為了危害他人，而且是以營利為目的行使咒術。即使是在漫長歷史之中不得不擁有黑暗面的寺廟也一樣。逐出師門是當然的處置。

但是另一方面，世間有詛咒的需求也是事實。不是歷史上的事實，是「現實」。咒術師因應這個需求而被隱蔽，被藏匿，藉由扭曲知覺與認知的魔法銷聲匿跡。

所以真正的咒術師——真正擁有實力的咒術師，即使以陸軍情報部的調查能力也難以接觸。讓對方接下委託更是難事。這就是需要樫和介紹函的原因。

而且，既然已經使用介紹函委託工作，取消的時候就必須窮盡禮節，避免介紹人顏面掃地。不能只打一通電話告知「我要取消」。一個不小心的話，恐怕會惹得寫介紹函的人不高興。掌權者的人脈存在著這種成本與風險。

犬飼猶豫了。若是遵從組織的決定，就非得取消這個委託。

但是在這時候取消的話，元老院的實力派會不會盯上犬飼自己？

代理人說取消也沒關係，即使這麼做，樫和也不會在意。

犬飼無法相信這番話。

自己在接受考驗——這個想法在他腦海揮之不去。

區區的防衛大臣以及元老院四大老，你畏懼哪一邊？

犬飼不免覺得自己被這麼問。

來到咒術師藏身的草庵敲門之後，犬飼終於下定決心。

犬飼不知道這名咒術師的名字。介紹函只寫上草庵的所在地，咒術師本人也只自稱是「一介法師」。被逐出師門的他已經不是「僧」，不過「法師」也有「僧貌的俗人」這個意思。這麼想就覺得這是合適的自稱。犬飼依照他本人的自稱，稱他為「法師先生」。

「犬飼先生，請問您今天前來有什麼事？」

在榻榻米房間相對而坐的咒術師詢問犬飼。兩人都是直接坐在榻榻米上。沒有坐墊或矮桌，也沒端茶招待。

「法師先生，委託您的那件事，現在做得怎麼樣了？」

「您是來催促的嗎？我肯定說過需要一些時間準備。」

「所以我在問進度如何。」

「媒介只有照片與姓名實在是……」

咒術需要有物品做為術者與受術者的媒介。媒介和受術者的關係愈深，咒術效果就愈強。尤其咒術的目的是要干涉受術者的肉體，所以媒介最好是受術者肉體的一部分。一般來說是頭髮或指甲。鮮血的效果極強，乾掉的血也可以發揮媒介功能。

照片與姓名也足以成為咒術的媒介，不過既然目的是讓目標對象的身體產生異狀，以術者的立場還是想要有頭髮或指甲。

「……不過請您放心，終於準備妥當了。今晚就可以開始。」

「這樣啊。」

從犬飼的語氣，無法斷言他樂見進度順利。

「……就這麼進行下去沒問題吧？」

咒術師敏銳感覺到犬飼語氣有點結巴，慎重發問確認。

「當然。事不宜遲請開始吧。」

犬飼臉上掠過自斷退路的悲愴感。

◇◇◇

幹比古在二十四日凌晨兩點察覺異狀。

（草木皆眠的丑時三刻……該說相當傳統嗎？真是固守成規。）

只不過，在這個時間換好服裝在護摩壇前方焚火而坐的幹比古，或許也沒資格說別人。因為他預測這個時間會有咒術攻擊。

幹比古的家——吉田家在外部魔法師眼中，大多被認為是神道系。就他們看來，幹比古坐在護摩壇前面的模樣或許有點奇妙。雖說神佛習合是日本的傳統，不過護摩行是佛教的修行方式。

幹比古面前的護摩壇明顯是依循密教禮法。

但是如果覺得突兀，那就是對於吉田家的魔法有所誤解。吉田家不問宗教或宗派，不，甚至不管是不是宗教，貪心吸收各式各樣的魔法建立另一種魔法體系。神道系魔法只不過是在其中占的比例最大。

換句話說，以護摩行對抗詛咒也不是抄襲，是吉田家的魔法之一。

（而且目標果然是柴田同學與艾莉卡嗎……）

美月與艾莉卡從幾天前就住在幹比古家。收到達也的警告，兩人保護在門徒用的女子宿舍。所以幹比古可以立刻察覺詛咒。

（不可原諒。竟敢對柴田同學下手，絕對不可原諒。）

「南麼三曼多勃馱喃，阿揭娜曳，莎訶。」

幹比古唸誦的是火天阿耆尼的真言。

「唵，修利摩利，摩摩利，摩利，修修利，娑婆訶。」

接著唸誦的是據稱能以淨火除穢，在天台密教列為五大明王的烏樞沙摩明王真言。他得知咒術師是源自天台密教的古式魔法，所以選擇這個魔法對抗詛咒。

正式進行密教修行的高僧看見這個東拼西湊的術式，肯定不是蹙眉就是失笑，不過幹比古與吉田家不在意這種事。他們的作風是只重視實效性。

護摩壇的火焰燒得更烈更旺。

幹比古立刻將背側刻著符咒的小小銅鏡（不是青銅鏡）扔進火焰。

「掛介麻久母畏伎，伊邪那岐大神，筑紫乃日向乃橘小戶乃阿波岐原爾，御禊祓閉給比志時爾……」

這次他唸誦的是神道的祝詞。

護摩壇的溫度遠遠達不到銅的熔點一千度。

即使如此，銅鏡符咒依然在火焰之中轉眼消失。

而且在同一時間，隱居在首都圈外圍簡陋草庵的咒術師隨著哀號昏倒。

不過這個人只是失去意識，沒有死亡。

六月二十四日，國立魔法大學校園。

「深雪、莉娜。」

上午課程結束，正前往學生餐廳的深雪與莉娜被人從後方叫住。

「哎呀，艾莉卡。」

兩人轉過身來，艾莉卡輕輕揮手跑向她們。

「妳們現在要去吃午飯吧？我也可以一起嗎？」

「嗯，可以喔。」

雖說最近沒什麼機會交談，不過艾莉卡是從高一認識至今的朋友。深雪沒有拒絕的理由。

「我也沒問題。」

莉娜也點頭答應，三人一起前往餐廳。

三人同桌而坐，一邊閒話家常一邊動筷。

「……話說艾莉卡，妳是不是有什麼事情要說？」

午餐進入尾聲的時候，莉娜向艾莉卡這麼問。

「咦，被發現了嗎？」

艾莉卡露出像是「敗給妳們了」的笑容。

「隔音力場架設好了。」

深雪以這句話催促艾莉卡說下去。

既然準備得這麼周全，艾莉卡可不會臨陣退縮。

「那我就說了。幫我轉告達也同學，我與美月昨晚差點被下咒。」

深雪與莉娜同時倒抽一口氣。

不過兩人與其說是被突如其來的壞消息嚇到，更像是「終於嗎」或「還是來了」的表情。

「幸好Miki立刻察覺，所以沒發生任何事。」

艾莉卡補充這句話，兩人的氣氛稍微緩和下來。

「這樣啊……看來他們無視於達也的警告。一群笨蛋。」

莉娜以憐憫語氣輕聲說。

「妳們兩人早就知道了啊。」

艾莉卡露出「果然」的表情問。

「我會轉告達也大人。」

深雪沒回答艾莉卡的問題，而是答應接下轉告的委託。

「對不起。很快就會阻止他們。」

接著她以過於平靜的表情補充這一句。

達也在晚餐席上從深雪口中得知艾莉卡與美月遭受詛咒攻擊的事實。收到這個消息的達也在晚餐之後打電話給兵庫，命令他來到二樓的會議室。

打完電話之後，達也立刻出門搭電梯。但他來到二樓的電梯廳時，兵庫已經在該處等候。

兵庫恭敬行禮為達也帶路。達也穩重跟在他身後。

進入會議室，達也坐在距離門口最近的椅子。這是沒意識到主位與客位，重視效率的結果。然後達也朝著鎖上會議室站在他面前的兵庫開口。他知道反正勸兵庫坐下也不會照做，所以省下爭執的力氣。

「對千葉艾莉卡與柴田美月下咒的計畫，好像在昨晚實行了。」

「這樣啊。」

兵庫瞇細雙眼。表情維持溫和，只有目光變得冰冷。

「情報部的哪個人是關鍵人物，你已經查出來了嗎？」

達也對兵庫說話的遣詞用句很客氣，和面對藤林大門的時候不一樣。不只因為這是以前就養成的習慣，更是因為兵庫在形式上是受僱於四葉本家的管家。

「查出來了。是陸軍情報部的犬飼副部長。」

兵庫之所以能夠立刻回答，是因為達也在八雲提供情報之前就預測有人會妨礙真由美他們赴美，預先派兵庫調查。尤其達也和陸軍情報部有些過節，所以指示兵庫列入重點調查。

「犬飼副部長……不過陸軍公開的名冊上，肯定沒有副部長是這個名字啊？」

「在名冊上是沒有職責的事務官。應該是統括非法業務不能見光的副部長。」

「原來如此。既然是站在這種立場的人，可以理解他為何會依賴咒術。」

達也以冰冷表情點頭。

「達也大人，關於處理這個人的方式，您意下如何？」

「……應該用不著消除吧。」

聽到兵庫這麼問，達也稍做思考之後這麼回答。

「但是也不能什麼都不做。」

「是這樣沒錯。我決定私底下給他強烈警告。」

達也承認兵庫的反駁很中肯，進而決定應對的方針。

「那麼要派誰呢？」

「我想想，派大門吧。」

「派他嗎……」

兵庫之所以露出不悅表情，在於大門是達也個人的手下，對於四葉家來說是外人。

「……說得也是。屬下認為沒問題。」

但他立刻改變態度。並不是揣測到達也的想法，而是認為出狀況的時候，和四葉家關係不深的人比較容易切割。

「兵庫先生，辛苦你了。」

雖然說明了好幾次，不過大門是達也的私人手下。兵庫沒有指揮他的立場。叫他過來時也是達也直接下令。

「不敢當。那麼屬下就此告退。」

兵庫恭敬低頭，從達也面前告辭離開。

陸軍情報部的副部長犬飼不是住在官舍，而是普通的住宅大樓。是一個人住。他離過婚，沒有兒女。這種境遇在犬飼身邊並不稀奇。

情報部幹部住在普通的民間住宅，從保密角度來看起來或許有點問題。情報部與犬飼自己都明白這一點。他的住處只有生活所需最底限的物品。房間附設的情報終端機沒安裝連線職場用的密碼金鑰，行動終端裝置也沒有工作相關的通訊錄，通話記錄功能也關閉，只能用來接電話。連政府機關的識別證都沒隨身攜帶，徹底隱瞞身分（進出職場是使用國民身分證與生體認證）。

住宅也是選擇保全完善的物件，卻沒導入可能查明身分的特別設備。要是被犯罪行為殃及，他被要求以普通市民的身分甘願受害。

所以對於習得藤林家技術的大門來說，入侵犬飼的住處並非難事。

六月二十五日零時過後，大都會還有不少人醒著的時間，藤林大門降落在犬飼住處的陽台。

（……？）

入侵陽台的下一瞬間，大門嗅到異狀。

屋內沒有活人的氣息。

已經確認犬飼返家之後沒有離開大樓。也查明在同一棟大樓沒有他會前去拜訪的朋友。發生了某些事。如果這是調查任務，現在是應該撤退的狀況。不過今晚受命進行的工作是傳達主人的訊息。那麼大門非得見到對方才行。即使對方已經成為屍體。

大門慎重解開玻璃窗的鎖，一聲不響進入室內。

雖然燈沒開，不過對他來說夠亮。

依然沒有活人的氣息。不過大門的直覺告訴他「隔壁房間有人」。

大門披上自己能力所及最高水準的隱形護罩，橫越房間。門後是短短的走廊，而且很快連接到隔壁房間。他慎重朝門把伸出手。

不過，在他碰觸門把的前一剎那。

面前的門朝著走廊方向開啟。

門後是毫無氣息的人影。

大門反射性地切換為戰鬥態勢。

◇ ◇ ◇

「……對方也擺出攻擊架勢，不過在千鈞一髮之際避免爆發衝突了。」

「真虧你能迴避那場戰鬥。」

二十五日清晨。達也在大樓內的訓練用樓層面對下跪的大門。達也進行晨間鍛鍊的時候，大門硬闖表示「有事想盡快稟報」，所以他中斷鍛鍊聽他報告。

「柳少校也早就認識你嗎？」

「雖然不是自豪，不過應該是因為彼此的本事都足以在那個陰暗環境辨識對方身分吧。」

昨晚（正確來說是今天零點過後）大門在犬飼住處遭遇的人是獨立魔裝聯隊的柳少校。達也也很熟悉的近戰高手。

「應該說你運氣好吧。要是就這麼演變成戰鬥，你沒辦法全身而退。」

對於達也的指摘，大門沒有反駁。要是在地面平坦，逃離場所也受限的室內和柳交戰，大門也自覺屈居劣勢。

「所以，你見到犬飼了嗎？」

達也之所以改變話題，並不是關心大門的情緒。

單純是不想浪費時間。

「確認他的屍體了。」

大門的回答使得達也眉頭一度起伏。

達也表現的情緒反應僅止於此。

「是柳少校嗎？」

達也以冷靜聲音問。

「他本人是這麼說的。」

大門以這種說法回以肯定之意。

「達也大人，柳少校要屬下傳話。」

然後他進一步補充這句話。

「說給我聽吧。」

達也催促他說下去。

「是──國防軍的失控由國防軍收拾了。希望你就此滿意──以上是傳話內容。」

「這種過度反應不像是風間上校的作風……」

達也聽完隱約露出苦澀表情低語。「自己被風間提防到這種程度嗎？」他心想。

「恕屬下直言，以這種方式為詛咒事件做個了結應該還算妥當。」

雖然應該不是猜透內心，不過大門說出否定達也想法的反駁。

他的話語透露出對於詛咒的負面情感。即使認同咒術本身的有用性，不過對於「詛咒某人」這種行為的厭惡感，風間或大門這種古式魔法師反倒更加強烈吧。

「——那我就這麼認為吧。大門，辛苦你了。」

這句慰勞使得大門深深低下頭。

他就這麼低著頭起身，從達也面前離開。

同一天，兵庫報告防衛大臣的決定（反對妨害魔法師赴美），達也他們也已經知道，軍方對美月她們下咒是違反命令的失控行為。

繼續將事情鬧大，也不是達也個人樂見的結果。

◇◇◇

這一連串的事件，不僅僅只是排除真由美與遼介赴美的障礙，魔法師出國的實質限制也因而開了一扇大門。

不過禁令解除的這件事，還要等好一段時間才會廣為人知。

六月二十六日星期六。真由美與遼介目前還是以個人特例的身分，從東京灣海上國際機場飛往ＵＳＮＡ溫哥華國際機場。

而且第二天，載著莉娜的運輸機從座間基地起飛。

The irregular at magic high school
Magian Company

偽裝戀愛 －CASE：一条將輝－

西元二一〇〇年六月二十八日，星期一。

深雪和達也一起來到魔法大學。相對的，深雪身旁沒有莉娜的身影。這是很罕見的事。就像是代替鮮少出現在大學的達也，莉娜入學以來一直陪在深雪身旁，甚至傳出有「特別」的關係。

雖然和傳聞的內容不同，不過深雪與莉娜確實有著特別的關係。

深雪身為四葉家下任當家，以四葉家的力量賦予莉娜棲身之所。

莉娜代替無法陪伴的達也，擔任深雪的護衛。

這層關係在莉娜歸化日本的現在也沒有改變。莉娜戶籍上的父親是東道青波，不過東道就某方面來說只不過是出借名義，是將戰略級魔法師「安吉．希利鄔斯」留在日本的正當理由。既然東道是養父，就不用擔心想討好ＵＳＮＡ的人士取消莉娜的身分。

不過東道對莉娜做的事情，只是在她歸化的時候給予戶籍。完全沒提供經濟上的援助。

莉娜只要有心，隨時可以在經濟上自立。她的對外身分不是戰略級魔法師「安吉．希利鄔斯」，是魔法大學的學生「安潔莉娜．庫都．希爾茲」（現在是「東道理奈」），所以不能以魔法師身分經營事業。不過只要不堅持做魔法師的工作，無論是當模特兒、藝人還是「素材」，都不愁沒有賺錢的方法（題外話，「素材」是指ＣＧ偶像的造型模特兒。基於保護未成年隱私的觀點，幾乎所有少女偶像以及大多數的少年偶像，都替換成和真人沒什麼兩樣的CG）。

不過莉娜決定以先前躲避STARS的叛亂而逃亡時欠下的人情，以及（她本人或許不肯承認）她和深雪的友情為優先。她選擇擔任深雪的護衛，代替無法隨時陪伴在深雪身旁的達也。

莉娜的生活保障，就某種意義來說算是一種代價。四葉家在經濟層面照顧莉娜並不是單方面施恩，是任務的報酬。至少四葉家很多人這麼認為，達也也是這個意思。不過深雪與莉娜兩個當事人有其他的想法就是了。

總之基於上述原因，在就讀大學之後，莉娜一直待在深雪身旁。而且因為有莉娜，所以達也可以放心致力於工作。

既然莉娜不在，達也回到深雪身旁或許是理所當然。不過對於過去兩年多以來，習慣看不到達也只看到莉娜的學生們來說，深雪幸福般進入兩人世界挽著達也行走的模樣是一大打擊。

◇◇◇

這天中午，達也帶著深雪走向大學正門。不是回家，是要在校外吃午餐。

魔法大學正門前方是丁字路。沿著圍牆朝左右延伸的道路，和通往校園深處的筆直道路在這裡交會。達也他們在正門前方遇見帶著五到六名女學生的一条將輝與吉祥寺真紅郎搭檔。

認出達也他們的將輝臉上露出驚愕表情。不過立刻轉變為開心的笑容。

「司波同學，妳今天和司波在一起啊。」

將輝稱呼深雪為「司波同學」，稱呼達也為「司波」。達也與深雪都知道這一點，所以兩人沒有困惑。

「午安，一条同學。你現在要去吃午餐嗎？」

深雪一邊行走，一邊詢問從達也反方向跟過來的將輝。

「是的。司波同學今天也是出去吃嗎？」

「是的。今天想要稍微奢侈一下。」

「我們也是。方便的話可以一起嗎？」

將輝至今的對話無視於達也，但他不時瞥向達也觀察反應。

「和『我們』嗎？」

深雪以眼神請求達也判斷。

「一条，你也有其他同伴吧？」

「說得也是。和我們一起的話，你的同伴們應該會靜不下心，今天就容我婉拒吧。」

聽到達也對將輝這麼說，深雪給予拒絕的回覆。

「這樣啊。那就等下次有機會吧。」

他們已經完全穿過正門。將輝意外地爽快這麼說，帶著吉祥寺與女學生集團離開深雪。達也帶著深雪，朝著和將輝他們相反的方向踏出腳步。

「將輝，你這是什麼意思？」

和達也他們道別之後，吉祥寺立刻以責備語氣詢問將輝。

「嗯？什麼事？」

將輝的語氣不是故意使然，不過吉祥寺很清楚他在裝傻。

「剛才那樣在各方面很失禮喔。對於他們兩人以及大家都是。」

「說得也是。」

「居然這麼說……只要牽扯到她，將輝你就會變得有點怪。雖然以前就是這樣，但最近愈來愈嚴重，嚴重到不能說只是『有點』的程度。」

「或許吧。」

「將輝！」

吉祥寺聲音變得嚴厲，將輝別過頭，看向背後的女學生們。

「黃里惠。」

將輝搭話的是小一屆的學妹，名字是鶴畫黃里惠。同樣出身於第三高中，所以是雙重意義的學妹。她是將輝母方的親戚，也是將輝身邊女性跟班們的領導人物。

「是。」

雖然應該不是因為身為學妹，但她對將輝的態度給人相當聽話——甚至是百依百順的印象。

「抱歉剛才害妳留下不好的回憶。」

將輝很乾脆地道歉，吉祥寺露出感到意外的模樣，被道歉的當事人黃里惠則是「不，沒那種事……」有點客氣地回應。

「其他人也對不起。我請各位吃喜歡的東西當賠禮吧。」

黃里惠以外的女學生發出附帶愛心的歡呼。

「說這種話……下午的課又要遲到了……」

吉祥寺與其說是在忠告，更像是半放棄般抱怨。

沒歡呼的黃里惠輕聲說句「謝謝」，暗自微笑。

進入七月之後，周圍的學生也已經習慣莉娜不在、達也每天上學的狀況。

同時也經常有莉娜的粉絲來找達也、莉娜的朋友來找深雪，詢問莉娜預定哪天回大學上課。

「下週嗎……」

將輝不是直接問達也或深雪，而是經由朋友打聽到莉娜的行程。

「而且她好像是返鄉回到美國了。」

「喔……真虧她可以赴美。因為是故鄉所以特別獲准嗎？」

朋友們繼續聊著莉娜的話題。將輝發呆聆聽。

吉祥寺正在分頭行動。沒人察覺將輝處於「心不在焉」的狀態。

「不過這麼一來，這次不就變成無法從那裡回來嗎？ＵＳＮＡ也一樣在實質上禁止魔法師出國吧？」

「不，沒這回事。希爾茲同學歸化日本了。」

「記得她的正式姓名是東道理奈……既然國籍在這裡，ＵＳＮＡ也不能不讓她回日本嗎？」

「不，這就不知道了。她那麼高階的魔法師在美國肯定也很少見。」

「……意思是美國也可能以強硬手段把她留在國內？一条你認為呢？」

「這就麻煩了！」

話鋒忽然轉過來，將輝不由自主加重語氣回答。

「一条？」

他咄咄逼人的模樣，引得朋友們投以驚訝與懷疑的眼神。

「啊，不……既然已經歸化，希爾茲同學就是日本的魔法師。要是日本人回國被阻撓卻什麼都做不了，將會有損我國的威信。」

「原來如此。代表日本魔法界的十師族也不能袖手旁觀嗎？」

情急之下擠出的這個理論，將輝的朋友們接受了。

另一方面，將輝自己冒出「必須確認才行……」的焦躁感。

這天最後一節課結束之後，將輝走遍校內想得到的場所，尋找肯定知道詳情的人物。原本想說是在研討會的研究室或是社團辦公室，但也可能已經回家。焦急心情使得他的腳步變得匆忙。

途中，將輝看見黃里惠和同屆的好友們走在一起。他下意識放慢腳步。

黃里惠臉上掛著放鬆的笑容，和待在將輝的異性朋友群時截然不同。

將輝內心突然冒出一陣感傷。就算這麼說，他已經不是會掉眼淚的年紀。不過如果是大約五年前的自己，或許至少會眼角溼熱吧。

黃里惠和將輝在一起的時候會逞強。將輝從以前就知道這一點。真的從她進入大學之後就是這樣。

因為是親戚又是學妹，將輝進入高中之前就認識黃里惠，交情從以前就很好。所以將輝很快就察覺她就讀魔法大學前後的變化。

以前的黃里惠即使交情好，卻不會跟在將輝身後。共處的時候不會莫名爭強，也不會做出看他臉色的舉動。

以前的她，肯定總是像那樣露出笑容。雖然不會花枝招展，但是和她在一起會讓心情柔和，刻意使用傳統方式形容的話，她是散發宜家氣息的女孩。即使貼心卻不是會看人臉色的孩子。

關於她改變的原因，將輝心裡有底。

也理解自己並非毫無關連。

將輝沿著原路掉頭轉彎。

雖然會繞路，但他現在不想和黃里惠交談。

將輝在找的兩人——達也與深雪位於所屬研討會的研究室。看來剛好正在稍做休息，同桌而坐的研討會學生面前擺著冰綠茶、果汁、冰咖啡、冰紅茶等各種飲料的杯子。

「——司波，可以借點時間嗎？」

某些研究室禁止外人進入，不過這種研究室會在門上告知。這間東山研究室沒這麼嚴格。將輝在滑動式拉門沒關的門口打聲招呼知會之後，進入研究室向達也搭話。

「沒問題。」

達也立刻起身。

「在走廊可以嗎？」

之所以沒問將輝理由，是因為他沒要走太遠。

「啊啊，沒關係。」

將輝也是從一開始就這麼打算。

「——你這情報是錯的。莉娜在國內。但我不能說她在哪裡。」

在走廊窗邊，將輝依照從朋友口中聽來的莉娜傳聞，詢問她無法回國的可能性，達也面不改色說謊回答。

莉娜赴美不是使用正規手段。出國沒使用護照，入境USNA也使用該國軍方偽造的證件。回來的時候也一樣。達也不可能承認她前往美國。

「是嗎？」

「去查出境記錄就好。以你的身分應該可以獲准閱覽吧？」

・出入境記錄本來不能給第三方閱覽。不過凡事都有超脫法規的後門可鑽。身為國家公認戰略級魔法師的將輝肯定有這種管道。

「不，我沒要做到這種程度……既然這樣，為什麼會謠傳她去了美國？」

「因為深雪對朋友說明她『去辦故國的事』才被誤會吧？」

「USNA的事？雖然應該不能問，但她在美國做了什麼？」

「當然無可奉告。即使不是魔法師，這也是個人隱私。」

關於莉娜的真實身分，將輝沒有追問不休。

「希爾茲同學下週會回來嗎？」

相對的，他堅持問到莉娜重返大學的時期。

「這個預定沒有變更。你找莉娜有什麼事嗎？」

「不，並不是這樣……」

被達也反問，將輝突然結巴。

「一条。你該不會在打什麼如意算盤，認為莉娜回到大學之後，我肯定不會陪在深雪的身邊吧？」

「…………沒那回事。」

將輝回以否定的答案之前，有一段雖然短卻不容忽視的停頓。

「……我可不想再互毆了啊。」

達也以厭倦的語氣叮嚀。

「那當然。」

這次將輝間不容髮回答。

◇◇◇

東山研究室所在的基礎魔法學院大樓門口，鶴畫黃里惠正在等待將輝。

「將輝先生……」

在沒有其他女學生的場所，黃里惠這麼稱呼將輝。從以前就這麼稱呼。黃里惠的鶴畫家是將輝母方的親戚，彼此姑且是世交，所以不以姓氏而是以名字稱呼並不奇怪。

將輝與黃里惠的關係有點複雜。將輝的外公是一色家前任當家的弟弟，這位前任當家妻子的弟弟是黃里惠的祖父。基於一色家當家弟弟與小舅子的這層關係，將輝的外公與黃里惠的祖父是同輩分的表兄弟。換句話說，將輝與黃里惠是從表兄妹，不過以前兩代的關係來說，兩人之間沒有血緣關係。

但是將輝的外婆與黃里惠的祖父是表姊弟。將輝的外婆舊姓「鶴畫」。換句話說，黃里惠是將輝母方的直系親屬。

此外將輝母親的舊姓不是「鶴畫」也不是「一色」，是「若狹」。若狹家是鶴畫家的分家。由於祖母是若狹家的養女，而祖父以入贅形式進入，因此黃里惠是將輝母方直系親屬的關係在這裡也成立。

只不過從日本魔法界的血統序列來看，將輝是一条家直系，也有一色家的血統。相對的，黃里惠當然沒有一条家的血統，也沒有一色家的血統。雖然只是短短三代的歷史，不過可以說將輝的血統比較好。

「黃里惠，有什麼事？」

話是這麼說，但將輝無意間擺高姿態，黃里惠採取謙卑態度的原因，並不是直系或血統的問題，而是年齡長幼、學長學妹的關係，加上彼此交情已久使然。

「沒什麼特別的事……是因為剛才有看見你。」

「難道是追著我過來的？」

「不，沒這種事！」

將輝詢問的語氣絕對不嚴厲，黃里惠卻慌張否定。

「只是不經意覺得將輝先生好像在這裡。」

「不經意嗎……」

就是因為這樣才不能小覷。將輝在內心低語。黃里惠的鶴畫家是可以追溯到大和朝廷時代的古老血統後裔。這個血統即使依照現代基準找不到魔法天賦，也肯定隱藏古老的特異能力。

「所以呢？」

「那個……」

黃里惠做出在意四周的舉動。她剛才回答將輝沒什麼事，不過看來有話想說。這裡是學生出入學院大樓的必經通道，不適合進行私密對話。

「……換個地方吧。」

將輝說完帶著黃里惠離開校園。

將輝帶著黃里惠前往距離大學徒步約五分鐘的咖啡廳。這裡是文彌邀達也喝茶時經常光顧的店。將輝知道這間咖啡廳的原因和文彌無關。

「點妳喜歡的東西吧。」

面對面坐下之後，將輝一開口就對黃里惠這麼說。

「……謝謝你總是這麼照顧我。」

將輝每次都會請客，所以黃里惠沒有貿然婉拒而是開口道謝，以桌面的控制面板點了冰皇家奶茶。將輝不在乎現在是夏天，點了卡布奇諾。

不久，畫面顯示餐桌服務與自助服務兩個選項。黃里惠說「我去拿」選了自助服務，從椅子起身。

黃里惠將兩人點的飲料放在托盤端回來。

托盤放在桌上之後，將輝拿起卡布奇諾放在自己面前。重新坐下的黃里惠先放好杯墊，再放上冰奶茶的玻璃杯。

「黃里惠，妳有話想對我說吧？」

「我沒什麼想說的……」

黃里惠百般猶豫，但在將輝默默施壓之下，像是認命般表明自己想問一件事。

「儘管問吧。」

將輝的態度光明磊落，像是表示自己沒做任何虧心事。

不過，也覺得有點光明磊落過頭了。

「……將輝先生，你剛才在躲我吧？」

「……妳在說什麼事？」

「剛才你看見我之後掉頭離開吧？」

「……那不是在躲妳。是看妳和朋友相處得很愉快才會迴避。」

黃里惠筆直注視將輝。那眼神既不是責備，也毫無欺壓的感覺，卻是一道令人隱約感到不自在的視線。

「不是因為討厭我嗎？」

「沒那種事！」

將輝厲聲回應。

黃里惠睜大雙眼僵住。但是沒有畏懼的樣子。

反觀將輝展露的驚愕更勝於黃里惠。看來他不是刻意厲聲回應。表情看起來像是不敢相信自己反應過度。

「……抱歉對妳大呼小叫。」

將輝低頭向黃里惠道歉。

「不，我只是因為太突然而稍微嚇到，你剛才的聲音也沒那麼大喔。」

黃里惠這段話肯定是安慰，卻不是謊言。將輝的聲音沒有大到引起其他客人注目。

「而且我放心了。」

「放心？」

「是的。因為得知你並不是覺得我礙眼。」

聽黃里惠說完鬆一口氣的將輝疑惑反問。

「…………」

「知道沒被將輝先生討厭，我放心了。」

將輝從黃里惠身上移開視線。

這個動作給人的印象和害羞不太一樣。

他的表情隱約透露像是罪惡感的心境。

將輝的星期六第一節和深雪上同一門課。是他滿心期待的時間。

只要家裡沒工作，將輝每一門課都會認真出席，但在這個時間前往教室的腳步不同，而且肯定比別門課更早進教室，坐在可以清楚看見深雪平常所坐位置的座位。

大學的教室和上個世紀不同，每張桌椅各自獨立。學生使用和課桌結合的終端機上課。不過在魔法大學的場合，錄影課程很少。可以之後再用檔案補課的科目很多，但課程本身不是錄影，是老師即時授課。也有許多老師會站上講台，這是基於「在人多的課程也不會疏於進行問答與討論」的方針。課桌之間沒有遮蔽視野的隔板。

不被鄰座學生或隔板阻礙，可以眺望深雪。這間教室對於將輝來說是養眼的最佳環境。而且大學教室沒固定學生的座位，所以偶爾做得到這種事。

「早安，司波同學。這裡可以坐嗎？」

「早安，一条同學。可以，請坐。」

深雪仰望就這麼站著搭話的將輝，微笑點頭。

得到她的許可之後，將輝不是坐在「清楚看得見深雪的座位」。而是坐在深雪旁邊。

「今天沒和司波一起嗎？」

將輝只在今天鼓起勇氣進行大膽行動，是因為達也與莉娜都不在深雪身旁。莉娜不會讓將輝接近深雪，深雪和達也甜蜜相處的時候是將輝自己不想接近。其實前幾天在深雪和達也共處時邀她共進午餐，也是早就料到會被拒絕。

「達也大人被東山老師叫去，現在在研究室。」

東山知時是達也與深雪的研討會指導教授。另一方面也是達也「事象干涉力＝靈子波理論」的共同研究者。其實東山和津久葉夕歌也在系統外魔法的相關研究建立合作關係。

「可惜達也大人會在這門課缺席。」

「這樣啊，太可惜了。」

將輝以不像是下意識暗喜的語氣附和。

「是的，真可惜。」

深雪內心對此感到意外，卻沒寫在臉上。

第一節課結束，深雪前往東山研究室迎接達也。

深雪窺視研究室的時候，達也已經將桌面整理完畢。

「那麼，下次見。」

達也向東山教授這麼說完起身，走到深雪身邊。

「深雪，抱歉讓妳特地跑一趟。」

首先以道歉的形式謝謝深雪前來迎接。

「我們走吧。」

接著催促她移動到下一間教室。

深雪回應「好的」，以右手挽住達也的左手。

「達也大人，關於一条同學……」

深雪就這麼挽著達也行走，揚起視線向達也搭話。她沒看前方，腳步卻毫不害怕。深雪將通行的安全完全托付給達也，專心對話。

「一条怎麼了？」

「我從以前就感覺到了，不過最近這份突兀感特別強烈。」

並不是可以隨便當成耳邊風的語氣。深雪臉上甚至洋溢憂愁。

「突兀感啊。具體來說呢？」
「是。他剛才也問我能否坐在旁邊座位。」
「然後呢？」
這句話可以解釋成將輝趁達也不在的時候搭話接近深雪。不過即使聽深雪這麼說，達也臉上也絲毫看不見慌張。
「我當然回答『請坐』。一条同學坐在旁邊座位之後，像是就此完全對我失去興趣。」
「……不是因為在專心上課嗎？」
「我想這也是原因之一。但是我不時感覺到視線朝向我，而且他的視線……」
達也皺起眉頭。看來要是深雪說自己被情慾的視線注視，他終究無法當成沒聽到。
「……我覺得像是在鑑賞畫作或是雕刻的視線。」
不過深雪隱約透露困惑的這句話，大幅跳脫達也的預測。
「意思是一条把妳當成物體？」
「當成物體……如果是不把我視為血肉之軀的意思，或許是這樣沒錯，但我認為並不是看著私有物品的視線。總覺得像是『光看就心滿意足』的感覺。」
光是看著深雪就心滿意足——這種男性在世間比比皆是吧。
不過無論如何，也不是過去想橫刀奪愛而以婚約介入的男性會懷抱的情感。

還是說，因為已經是「過去」嗎？

（在一条心中成為「過去」了嗎……？）

（既然這樣，為什麼動不動就做出看起來像是搭話追求深雪的舉動？）

（嗯？……「看起來像是」？）

「達也大人，您知道什麼了嗎……？」

達也在內心詢問自己的這句話，使得他覺得某些部分很不對勁。

深雪敏感察覺達也內心的動靜，懷抱期待仰望達也。

「不，我只是覺得一条的行動確實莫名其妙。」

但是達也認為自己的假設超出常軌，所以含糊帶過。

「達也大人也這麼想嗎……我也不知道該怎麼對待一条同學。」

對於認真呢喃「真是傷腦筋」的深雪，達也心想「這件事不太能置之不理」。

◇　◇　◇

魔法大學星期六的課在第二節之後的正午結束。比起其他國立大學來得早。不過這對於學生或老師來說都不算結束，之後基本上還有研討會或是社團活動。

正午過後，達也與深雪避開擁擠的學校餐廳，打算去遠一點的地方吃午餐。他們上完課就叫了通勤車（無人計程車），距離車子預定到達的時間沒有太多空檔。兩人加快腳步走向北門（正門在南側）。

和正門前方不同，北門前方是穿梭於建築物之間的數條小徑交會處，視野不太寬闊。達也他們兩人以及照例帶著同一群女學生的將輝，直到在門前相遇才察覺彼此。

「司波同學，妳現在要去吃午餐嗎？」

將輝一如往常向深雪搭話。

雖然至今沒察覺，不過聽深雪這麼一說，將輝的眼睛確實沒有「熱度」。表面上火熱，卻看不出發自內心的熱情——達也如此心想。

「是的。一条同學，你們也是嗎？」

深雪內心也感到困惑，卻完全沒表現出來，以完美的「淑女笑容」回應將輝。

「既然這樣……」

「司波同學，看你們好像在趕時間？」

將輝一如往常邀請深雪的話語，被吉祥寺向達也說的這句話蓋過。

「啊啊，沒錯。不好意思。」

被搭話的達也老實回答。其實達也腦海掠過「或許是試探一条真意的好機會」這個想法，不過通勤車與餐廳都訂好了。這時候變更計畫並不實際，如此心想的達也改變主意。

「將輝，擱下他們不太好喔。那麼司波同學，改天見。」

而且吉祥寺似乎有某種盤算。

「啊啊，再見。」

雖然不知道他在想什麼，但達也覺得最好別妨礙。

達也催促深雪，和將輝他們道別。

◇◇◇

「將輝，我有話想單獨和你談。」

目送達也他們離開之後，吉祥寺立刻以嚴肅表情對將輝這麼說。

「怎麼突然這樣？」

將輝一臉吃驚反問。

「就我們兩人。」

吉祥寺卻不改嚴肅表情，重複相同的要求。

「喬治……」

將輝以安撫的語氣使用吉祥寺的綽號稱呼。

「……………」

但是吉祥寺堅持不改態度。

將輝嘆了口氣，從吉祥寺的方向別過頭，看向黃里惠。

「黃里惠。喬治好像想到重要的事情要說。不好意思，午餐分開吃吧。」

然後朝著其他女學生露出親切的笑容。

「各位也是，抱歉就這樣了。」

她們看起來也理解吉祥寺的認真程度，沒有任何「跟班」表達不滿。她們紛紛說著「再見」或是「要補償喔」，離開將輝與吉祥寺。

黃里惠她們各自從北門外出。

另一方面，將輝與吉祥寺掉頭前往學校餐廳。

在擁擠的學校餐廳確保發現的空位，在櫃檯領取購買的套餐回到座位之後，吉祥寺二話不說設下隔音力場。

「喬治，你在煩躁什麼？」

晚一步回座的將輝，以疑惑語氣詢問吉祥寺。

將輝不是在裝傻。他真的不知道什麼事惹得吉祥寺不高興。

吉祥寺以苦思不解的眼神看向將輝。

「將輝。你最近怪怪的。」

吉祥寺的聲音連百分之一的開玩笑成分都沒有。

「喂喂喂，劈頭就說得這麼不客氣啊。」

「將輝！」

「……知道了。我正經問吧。你在不高興什麼？」

將輝覺得無法完全敷衍帶過而認命，收起假笑面對吉祥寺。

對於逐漸變涼的料理，兩人看都不看一眼。

「你對司波小姐的態度。」

「……但我覺得自己從以前對她就是這種態度。」

「不對。至少直到前年都沒那麼輕浮。」

吉祥寺的語氣蘊含確信。

「這種事……」

將輝想反駁，卻無法好好說出口。

換句話說，將輝也有這個自覺，自己心裡也有底。

「你是從鶴畫小姐入學之後開始變得奇怪。」

吉祥寺的指摘使得將輝臉孔扭曲。這是被戳中要害的表情。

「……和她無關。」

但是將輝嘴上不肯承認。

「那麼，你也覺得自己從去年春天就變得怪怪的吧？」

「…………」

「行使緘默權？我不在乎。因為我並不是想告發你。」

「…………」

「我只是有話想對你說。不對，是非說不可！」

吉祥寺的聲音與眼神，蘊藏著由衷擔憂好友的赤誠之心。

「……你說吧。」

將輝無法在這種狀況依然保持沉默。

「希望你不要繼續勉強自己做出丟臉的舉動！」

「…………」

即使如此，吉祥寺這句話還是令他不得不語塞。

「以為我沒察覺嗎？」

將輝不發一語。不，看他僵硬臉孔上的嘴唇在顫抖，應該是想說卻無法好好說出口。

「你是故意做出看似搭訕的舉動，我早就知道了。」

「是嗎……」

將輝以認命的聲音低語。這聲細語承認吉祥寺的指摘屬實。

「這麼做真的不適合你……我看不下去。旁觀都比你難受。」

「……抱歉。」

「看你好像不想說，所以我不問原因。不過應該要停止了。不，一定要停止才行。不只是為了你自己。你把司波小姐當成煙霧彈，對她也很失禮。」

「我沒有把她當成煙霧彈。」

將輝的臉色變了。

「我喜歡她。這不是謊言。」

只有這一點不會讓步。將輝如此聲明。

「不過這份『喜歡』，不是戀愛的那種『喜歡』吧？」

但是吉祥寺的反駁再度令將輝啞口無言。

「是憧憬或崇拜這一類的『喜歡』對吧？」

「……我可沒把她當成偶像。」

「我知道不是這種輕浮的情感。」

將輝的反駁被吉祥寺斷然帶過。

「不過，以情感類型來說很像。已經明白不會屬於自己所有，單方面的好感。向對方示好的行為本身可以讓你感到幸福。我有說錯嗎？」

「……沒錯。我知道她不會對我有意思。」

「將輝，其實你光是看見那位女性就肯定可以感到幸福。所以你追求她的這種行為，對你來說是多餘的東西，是雜質。」

對於吉祥寺的斷定，將輝還是沒有反駁。

「現在這個愛搭訕的你，對於司波小姐很失禮，對你自己也很失禮。」

「對我自己……？」

「沒錯。對你真正的心意很失禮。將輝，你親手弄髒了自己對司波小姐的好感。總之今後你應該停止那種舉動。」

「……我會考慮。」

將輝沒有明確答應停止，吉祥寺嘆了口氣。

「……我知道你不會回答，我剛才也說不會問原因，但我還是刻意問一下吧。你為什麼要扮演那種脫線小丑？」

將輝果然沒有回答。

七月三日星期六夜晚。位於前石川縣金澤的一条家宅邸。

一条家長女，就讀第三高中二年級的一条茜，收到出乎意料的電子郵件而放聲歡呼。聲音大到母親心想「什麼事？」跑來看她。

「沒……沒事。沒什麼事。啊哈哈哈哈……」

茜以搪塞的笑容趕走母親，以鴨子坐姿（少女坐姿、W型坐姿）坐在床上，一臉正經注視著顯示收件匣郵件的終端裝置。

茜做了一個深呼吸。

「──好！」

為自己打氣之後，從郵件連結撥打寄件人的電話號碼。

電話很快就接通了。

「你好！我是茜。是真紅郎哥嗎？」

「小茜？嗯，對。是我……抱歉麻煩妳特地打電話給我。」

吉祥寺被茜突然打來的電話嚇了一跳。他寄給茜的郵件是「告訴我方便打電話的時間」。他太小看女高中生，應該說茜的積極性了。

『沒關係，因為我想早點和你說話。所以，請問有什麼事？』

光是以電話交談，吉祥寺就差點被她的活力吞沒。

「與其說有事，應該說我想問一個問題。」

『什麼什麼？儘管問吧！』

不過光是懾於她的氣勢無法達成目的。吉祥寺在心中說「振作一點，真紅郎」激勵自己。

「小茜妳認識鶴畫小姐對吧？」

『黃里惠小姐？嗯，認識啊。我們和鶴畫小姐家算是世交……啊！難道說，真紅郎哥對黃里惠小姐？』

電話另一頭突然傳來慌張般的氣息。怎麼回事？吉祥寺歪過腦袋。

『花心？是花心嗎？不行不行，絕對不行！』

「……那個，妳好像有所誤會，如果鶴畫黃里惠小姐和將輝之間發生什麼事，希望妳可以告訴我。」

『和我哥？什麼嘛……』

終端裝置的耳麥（語音通訊元件）聽得到茜安心吐氣的聲音。

『哥哥和黃里惠小姐的關係啊。那個，要從哪裡開始說明呢……』

線路另一頭傳來思索的氣息。吉祥寺沒開口催促以免干擾茜。

『真紅郎哥，你知道我爺爺是一色家前任當家的弟弟吧？』

「我知道，怎麼了？」

『黃里惠小姐的鶴畫家和我們家的交情不是源自一条家的關係，是一色家。』

「這我不知道……」

即使是和將輝來往已久的吉祥寺，平常也忘記將輝有一色家的血統。將輝和黃里惠的交情和一色家有關，完全在他的意料之外。

『啊。可是黃里惠小姐不是一色家的人喔。不過是親戚。』

「換句話說……是外戚嗎？」

『叫做外戚嗎？一色家前任當家的妻子是鶴畫家的人。黃里惠小姐是她弟弟的孫女。』

「我聽說過兩人是遠房親戚，原來是這種關係啊……」

吉祥寺在腦中整理茜告知的血緣關係。將輝與黃里惠的祖父是經由一色家前任當家連結的表兄弟。雖然是親戚卻沒有血緣關係。另一方面，黃里惠的祖父是一色家當家的叔父，但是黃里惠沒有一色家的基因。

『然後，接下來進入正題。』

吉祥寺的思路偏離正題，茜這句話使他重新集中注意力。

『一色家的基因與鶴畫家的基因，聽說在誕生魔法師的時候是絕配。』

「……意思是一色家與鶴畫家之間，容易生下優秀的魔法師吧？」

『嗯，沒錯。』

從十師族原本的歷史來看，優秀魔法師的誕生是以人工授精、人工子宮做實驗找出合適的配對，特別相配的男女實質上被迫結合。即使現在聽到有人在做相同的事也不覺得突兀。反倒是認定有人正在這麼做比較自然。

想到這裡，吉祥寺的意識閃過一個想法。

「難道說，一色家想撮合將輝與鶴畫小姐？」

『不只是一色家，鶴畫家好像也想透過親戚關係讓黃里惠小姐與哥哥結婚。其實應該是想一口氣完成訂婚程序吧，不過你想想，我哥三年多之前，不是插隊向四葉家下任當家的那個人求婚嗎？這件事還沒完全結束，所以一色家與鶴畫家也不能硬來，感覺一直在乾著急。』

「不，那件事應該已經塵埃落定了吧……」

吉祥寺以傻眼聲音反駁。二〇九八年三月，第一高中畢業典禮之後進行的那場派對，吉祥寺沒有參加，所以也沒見證達也與將輝的「那個場面」。

不過經由口耳相傳，他知道當時發生了什麼事。雖然有點難以置信，不過兩人為了搶奪司波深雪而打架。老實說，吉祥寺聽到這件事的時候心想「這是哪個時代的事」，不過經過那場禁用魔法的對決，兩人肯定已經做個了斷——以將輝的敗北做結。

也正因為知道這件事，所以吉祥寺覺得將輝在魔法大學的追求行動是「丟臉的搭訕舉動」。

『可是還沒收到四葉家的正式回應喔。』

「咦……？」

『不過對方應該以為已經賞了閉門羹吧。』

「這……」

吉祥寺可以理解四葉家的不滿。說起來，司波深雪與司波達也的婚約公布沒多久就向司波深雪申請訂婚，是一種亂七八糟的做法。站在四葉家的角度，不免覺得自己被瞧不起。吉祥寺認為一個不小心的話，即使演變成戰爭也不奇怪。

「換句話說，那件事形式上是懸而未決嗎……」

不過如果只看「一条家正式申請訂婚，四葉家沒正式回覆」這一點，那場求婚可說是一直處於未定狀態。幾乎所有魔法界人士都認為已經解決了吧，不過如果有人要正式向將輝要求交往，或許就不能忽視這件事。

『我想黃里惠小姐內心也不好受吧。因為那個人應該喜歡哥哥。』

「但我覺得就讀第三高中的時候，看不出她有這個意思……」

黃里惠不只在魔法大學，在第三高中也是小一屆的後輩。吉祥寺從高中時代就知道這個成績優秀的學妹。

『在高中時代，她大概覺得哥哥是遙不可及的對象吧。』

「家人、親戚與一色家要她和將輝結婚之後，她就有這個心了？」

『與其說有這個心，我想應該是放棄不了。因為不只是家人與親戚，連一色家都推了一把，當然會期待自己可能有機會吧？』

吉祥寺覺得自己逐漸看清各種事了。

(很像是將輝會有的想法。真的好笨……)

「小茜，謝謝妳。先前感到疑問的事情，我覺得現在大致懂了。」

『是嗎？只要有幫到你，我就很開心了。』

茜以愉快的語氣說。

『真紅郎哥。哥哥與黃里惠的事就拜託你了。既然你特地找我詢問兩人的關係，應該是快要達到極限了吧？能夠解決這個問題的人，我認為一定是哥哥最信賴的你……』

她以鄭重的語氣補充這段話。

「……我會盡力而為。」

吉祥寺沒有敷衍，而是如此回應。

◇ ◇ ◇

七月四日，星期日。

吉祥寺把將輝叫來魔法大學。

魔法大學的學生在星期日到校並不稀奇，校園看得見許多來來往往的學生。尤其像是將輝這樣為了工作經常在上課或研討會缺席的學生，大多會利用星期日補進度。

遠離學生們行走路線的校園一角，林蔭步道的盡頭。像是覆蓋般伸展的枝椏形成的綠色頂蓬下方，吉祥寺像是避人耳目般和將輝面對面。

「喬治，怎麼突然找我？」

吉祥寺很難得像這樣叫將輝過來。

「鶴畫小姐的事，我聽說了。」

沒有任何開場白，吉祥寺直接進入正題。

「是茜嗎……？」

將輝根據正確的推測板起臉。

「這件事昨天不是說完了嗎？我也在好好思考。」

所以別催促，別重提。將輝以言外之意如此要求。

但是吉祥寺不予理會。

「將輝你不想和鶴畫小姐結婚，才會一直做那種事嗎？」

將輝不禁左右張望。這裡不是遠離人煙的深山。雖然選擇學生比較少的場所，卻不是沒有任何人經過。

「不用擔心，我有確實使用隔音魔法。你沒察覺嗎？」

聽到這句提醒，將輝察覺自己慌張到沒發現身旁發動的魔法。

「你想扮演愛搭訕的男人，讓她討厭你嗎？」

「……喬治，別這樣。」

「沒意義的。你不必做這種丟臉的舉動造假。」

「別再說了。」

「既然這麼討厭鶴畫小姐，那你直接向她明說就好。這樣也是為她著想。」

「拜託別再說下去了……」

「你卻一直把她留在身旁，態度像是在暗示她還有機會。太殘酷了，將輝。」

「我叫你別再說了！」

將輝厲聲制止。

但是吉祥寺沒有畏懼的樣子。雖然照他所說暫時閉口，卻一直以責備的視線看他。

「……我不討厭黃里惠。」

「所以是當成備胎？這樣更惡劣。」

「不是這樣！」

「不然是什麼意思？」

兩人互瞪。

「這和喬治無關吧！」

「我是你的好友！」

將輝倒抽一口氣。

「好友變得怪怪的，擔心也是當然的吧！」

吉祥寺趁著將輝語塞的時候乘勝追擊。

「小茜也很擔心！至少要聽到你真正的想法，否則我不會退讓！」

吉祥寺大口喘氣。

將輝吐出憋在胸口的一大口氣。

「這種事應該停止了……」

將輝脫口而出的低語隱含深沉的哀愁。

聽到或許是自言自語的這句話，輪到吉祥寺倒抽一口氣。

「……什麼意思？」

將輝一瞬間露出「糟糕」的表情，大概因為剛才的呢喃是自言自語，不想讓吉祥寺聽到吧。

將輝再度嘆氣，和吉祥寺四目相對。至今他一直面向吉祥寺，也曾經互瞪，不過從這場對話開始至今，或許是第一次為了溝通而好好看著彼此。

「一色與鶴畫的關係，你聽茜說了嗎？」

對於將輝的詢問，吉祥寺回答「聽她說了」點點頭。

「你認為呢？」

「認為什麼……？」

將輝簡短詢問，吉祥寺這次沒能立刻回答。

因為基因相配而由別人決定結婚對象，吉祥寺在情感層面不想認同這種事。不過考慮到現代魔法師的歷史以及魔法師身邊的環境，他也覺得這或許是必要之惡。

據說某些地區依然進行打造魔法師的人體實驗。比起強制受精或是複製人，光是承認結婚這種形式或許還算人道。吉祥寺不禁這麼認為。

「我是男性，所以不知道女性實際上的感受。不過只因為適合產下優秀魔法師，就被迫和指定的男性上床。我認為這樣很可憐。」

「……將輝，你對男性的立場有什麼想法？」

「極端來說，男性讓對方懷孕的時間點就功成身退。不過女性必須在自己體內孕育新生命，孕育稱不上喜歡的男性後代。我無從想像這是什麼感覺。」

「……現在也有人工子宮啊。」

「為什麼人工子宮的使用率維持在低點？聽說現在採取卵子造成女性身體受損的案例幾乎是零。懷孕對於女性來說不也是沉重的負擔嗎？比起以自己的子宮養育，交給人工子宮肯定讓身體輕鬆得多。但是至今在自己體內孕育孩子的女性依然占壓倒性多數。為什麼？其中應該有我們男性不知道的理由吧？」

「……我也是男性，所以不知道。」

吉祥寺低著頭，像是表示束手無策般頻頻搖頭。

「那麼，將輝你——」

吉祥寺說著抬起頭，和將輝視線相對。

「——是因為鶴畫小姐很可憐，才主動做出惹她討厭的舉動嗎？」

「如果只要討厭與被討厭就能了事還算好……」

將輝移開視線注視遠方。

「什麼意思？」

但他聽到吉祥寺詢問這句話的意思，就立刻移回視線。

「無論黃里惠對我怎麼想，鶴畫家與一色家都不會死心。」

「──！」

吉祥寺在內心承認自己的想法膚淺。這件事從一開始就不顧當事人的心情，而是重視魔法師社會的利益在進行。確實不會只因為「討厭了」就中止吧。

「從誕生優秀魔法師的可能性來看，比起一色家搭配鶴畫家，一条家搭配四葉家的期望值比較高。一色家與鶴畫家的組合已有實績，但是一条家與四葉家同為十師族，而且對方是那位司波小姐，誕生的孩子很可能擁有超一流的天分。」

「……也可能因為血統太強無法懷孕生子。」

「即使加入這個風險計算，也明顯看得出哪邊的期望值比較高。」

吉祥寺不得不承認將輝的主張正確。「血統太強」這種反駁本身，本來就是毫無根據勉強編出來的說法。

「所以只要我裝出追求司波同學的樣子，就沒人能以魔法界利益為藉口，硬是將黃里惠和我撮合在一起。我想，應該可以拖延到司波同學與司波正式結婚吧。」

「在那之後……你要怎麼做？」

「魔法師一般來說都早婚。只要我一直嘮叨說『還是忘不了司波小姐』，黃里惠就會獲准和喜歡的對象結婚。」

「那麼將輝從今以後……也打算為了鶴畫小姐繼續扮演小丑嗎？」

不知道是覺得哪裡好笑，將輝露出苦笑。

「無法讓任何人露出笑容，應該不算是小丑吧。應該是玩弄女主角心意的黑臉？」

吉祥寺詫異了一下。依照將輝現在的說法，「女主角」不是司波深雪，是鶴畫黃里惠。

將輝下意識不把深雪，而是把黃里惠當成女主角，吉祥寺對此感到意外。同時也懷著「這兩人或許有希望」的期待。

「……將輝，你剛才說過『稱不上喜歡的男性』這句話。」

「這句話怎麼了嗎？」

「不過小茜說過，鶴畫小姐喜歡你。」

「茜嗎？不，應該沒有吧。」

「為什麼？」

「沒有被她喜歡的理由。你客觀想想看，我在她面前就像是開後宮的國王，一直做著非常差勁的舉動吧？」

「原來你知道這樣很差勁啊……」

吉祥寺感慨低語。

雖然是將輝自己這麼說，不過吉祥寺的反應令他有點受傷。不過現在分心在意這種事的話會離題。將輝決定忽略這一段，繼續說下去：

「黃里惠有著對他人用心過度的一面。擅長察覺別人的想法是優點，但我好幾次看見她因而無法好好表達自己想法的場面。茜大概是看見黃里惠被家人或親戚圍過來說『妳要喜歡將輝』而且拒絕不了，才會有所誤會吧。」

將輝充滿自信斷言。他真的這麼相信。

但是——

「——不是誤會！」

將輝背後突然傳出叫聲。

「小茜沒有誤會什麼！」

「黃里惠？妳為什麼在這裡……」

轉過身去的將輝，認出含淚瞪向他的黃里惠。

將輝「啊！」地轉身看向吉祥寺。

「喬治！」

「沒錯。是我叫她來的。」

吉祥寺面不改色承認是自己幹的好事。臉上毫無愧疚之意。

「為什麼做這種事？」

「因為她是當事人。」

「那就不需要躲在樹後吧！」

「要是她在你看得見的地方，你就說不出真心話吧？」

「唔……」

吉祥寺的斷定百分百是事實。證據就是將輝完全無法回嘴。

而且將輝也沒有餘力回嘴。

「將輝先生！」

「什……什麼事？」

黃里惠火冒三丈的程度，將輝遠遠比不上。

「請適可而止吧。不要擅自決定我的想法！」

「對……對不起。」

「我什麼時候說過討厭你了？」

「沒……沒有啦……我也沒說過被妳討厭……」

「沒說過對吧！」

「是……是的。」

將輝懾於黃里惠的氣勢，語氣畢恭畢敬。

「將輝先生。」

黃里惠走過去仰望將輝的臉，筆直注視他的雙眼。

「我喜歡將輝先生。」

「…………」

「從以前就一直喜歡你。」

「…………」

將輝就像是突然變成窩囊的男人，完全無法回話。

「不是因為被家人或親戚要求。這是我真正的心意。」

此時黃里惠忽然露出軟弱表情。

「……可是我遲遲沒能表白，所以我也有錯。我沒自信向將輝先生表白。不認為自己配得上將輝先生。」

「不，我不是那麼了不起的男人……」

將輝像是安慰，又像是辯解般低語。

只可惜黃里惠沒聽進去。

「確實也有被家人慫恿的一面。要不是父親命令我在大學別離開將輝先生身旁，要不是母親鼓勵我說將輝先生很溫柔不會拒絕，我至今只會在遠方注視將輝先生……」

「那不就是跟蹤狂……」輕聲這麼說的是吉祥寺。

將輝與黃里惠當然都無視於這句低語。

「將輝先生，只有這件事請你相信。」

將輝沒逃避黃里惠的眼神。他終究不是懦弱到會在這時候想逃走的男人。

「我喜歡你。我愛慕你。這是我自己的心意。」

無從誤會的表白。

「我……」

將輝心想「必須給她一個答覆」。

但是無法決定該說的話語。沒能在腦中整理。

將輝一直認為黃里惠是被家裡強迫，才會待在他的身旁。雖然並非完全誤解，卻不是將輝想像的「逼不得已」。

將輝完全沒想到黃里惠對他抱持戀愛情感。

「將輝。」

吉祥寺在這時候伸出援手。

「我想你應該也因為事出突然而陷入混亂。」

如果要拋棄將輝，吉祥寺今天就不會把他叫來這裡吧。

「所以你最好單獨和她談一談。」

吉祥寺背對兩人，離開現場。

◇　◇　◇

——好熱。

將輝就這麼站在黃里惠面前心想。

或許是當然的。

今天是七月四日。明明梅雨季還沒結束，但是從早上就一片晴朗。

這裡是行道樹下方，兩人都沒暴露在直射陽光下，但是暑氣還是很強。不，反倒更熱。

不知道純粹是氣溫與溼度的問題，還是反映精神狀態使然，將輝（以逃避心態）認為應該逃進冷氣夠強的室內。

「黃里惠，那個……妳不熱嗎？」

「將輝先生，你口渴嗎？我去買些東西過來吧？」

在這種時候，黃里惠會率先行動。不是想討好別人，是自然而然這麼想。回想起總是利用黃里惠的好脾氣恣意使喚她的往事，將輝有點想死。

「不，還不如進去涼快的地方談吧。」

「啊，說得也是。」

「要不要去上次那間咖啡廳？」

將輝下意識想離開校園，總之先說出自己想到的店。

「好的，沒問題。」

黃里惠「一如往常」點頭回應將輝的話語。

將輝朝正門踏出腳步。他在行走的同時，滿腦子都在思考該給黃里惠什麼回覆。

黃里惠則是非常在意將輝會如何回覆。

兩人都處於漫不經心，注意力散漫，隨時被車撞都不奇怪的狀態。

所以兩人沒察覺在暗處觀察他們的三人份視線。

從大學徒步約五分鐘的咖啡廳。今天兩人都點冷飲。

在面對面坐下點完飲料的時間點，將輝感到後悔。

「啊，我去拿。」

今天黃里惠也選擇自助服務，站起來前往櫃檯。

在她離夠遠的時候，將輝嘆了口氣。

（為什麼選了這麼多人的場所……）

接下來要和黃里惠談的事情和十師族有關。即使把這一點放在一旁，將輝也不太希望外人聽到對話內容。不過在魔法大學校園就算了，在這種市區不能隨意使用魔法。今天是星期日，平常只有魔法大學學生的這間店也有許多「普通人」光顧。不知道是正在巡邏還是辦案，也有像是便衣刑警的身影——但是將輝不知道便衣刑警是否會執行巡邏任務。

（隔音力場……別架設應該比較好。可惡，早知道就選大學的咖啡廳了。）

將輝不想在學校餐廳或咖啡廳被認識的人看見才來到校外，卻忽略了隔音魔法無法使用的狀況。

「讓你久等了。」

黃里惠一回來，將輝就連忙更換表情掩飾。

（……會偷聽的大膽狂徒應該不多吧。）

到最後將輝以這種想法硬是說服自己。

含住黃里惠端來的玻璃杯吸管，總之先滋潤喉嚨。

然後將輝重新鄭重面向她。

黃里惠敏感察覺將輝的氣息變了，受到緊張的襲擊而僵住。

但是很不巧的，將輝也沒有餘力說出讓她放鬆的話語。

「黃里惠。」

「啊，是！」

「關……關於剛才那件事……」

緊張的不只是黃里惠。

將輝就這麼沒在冰咖啡加糖與奶精，不是從吸管，而是直接以玻璃杯對嘴一口氣喝掉。

「咳，咳咳！」

大概是喝得太慌張，咖啡跑進氣管吧。

「還好嗎？」

看到將輝被嗆到，黃里惠連忙起身。

將輝以單手制止，不好意思般笑了。

「真是的……我老是無法保持正經。」

「稍微有點破綻比較易於親近，我認為是好事……一切完美無瑕的話會難以接近。」

「是嗎……」

「是的。我比較喜歡這種人。」

「——這樣啊。」

氣氛變了。

兩人的臉上收起緊張，身體放鬆力氣。

「黃里惠，我不討厭妳。如果可以使用容易誤會的說法，我覺得我喜歡妳。」

黃里惠以溫和表情注視將輝。

等待他的下一句話。

「但是我不曾把妳視為戀愛對象。」

黃里惠看起來沒受到打擊，反倒是露出「果然如此」的表情。

「那個，方便問一個可能會失禮的問題嗎？」

將輝眼神變得疑惑。

「……可以。」

但是他沒出言拒絕。

「你沒視為戀愛對象的人，應該不只是我吧？」

「……哎，妳說的對。」

「是因為有司波小姐嗎？」

「……沒錯。」

將輝瞬間語塞，然後果斷點頭。

「真的嗎？」

但是黃里惠以質疑的眼神看向將輝。

「妳想說什麼？」

「剛才，我聽了你和吉祥寺先生的對話。將輝先生並不是愛上司波小姐吧？」

「……這麼說來，剛才確實被妳聽到了。」

「那麼，那一位的存在肯定不構成將輝先生不談戀愛的理由。」

黃里惠筆直注視將輝。

承受她的視線，將輝不自在般動了動。

「你該不會連初戀都還沒經歷過吧？」

黃里惠以非常正經的表情問。

「我好歹記得初戀的回憶。」

將輝表情終究變得不悅。

「那我認為，將輝先生變得不會談戀愛了。」

「……什麼？」

「我說，你變得不會……」

「不，我並不是沒聽到。」

將輝之所以反問，是因為聽不懂她說的意思。

「那個……」

看來黃里惠也沒料到必須說明才能讓將輝理解。

「……司波小姐是很出色的人對吧？包括容貌以及才華，閃亮得不讓人覺得一樣是人類。」

「這又怎麼了……？」

雖然嘴裡疑惑反問，但將輝大幅點頭。

「我認為將輝先生肯定是被那一位的光輝震懾，導致內心麻痺了。」

「……意思是我變得盲目嗎？」

「不，我不是這個意思。」

黃里惠連忙搖頭。

「我認為那一位過於迷人，使得你無法理解女性的魅力……不對，這樣形容太體面了。」

黃里惠輕輕進行深呼吸。臉頰稍微泛紅。

「將輝先生，你身為男性，追求女性的心或許麻痺了。」

說完之後，黃里惠輕聲補充一句「不過身體就很難說了」。她之所以臉紅，應該是因為追加的這句話。

「所以不只是我，其他女性也打不動你的心……我自己是這麼認為的。」

將輝將視線落在手邊思考。

「……或許吧。」

經過不算短的沉默之後，將輝輕聲說：

「這你就錯了。」

「或許我是不自量力，過於接近太陽的伊卡洛斯。但我融化脫落的不是翅膀，是心。」

露出自嘲笑容的將輝，聽到黃里惠意外果斷的語氣之後驚訝抬頭。

「心不是蠟製的仿造品。將輝先生的心肯定沒有融化消失。」

「……是這樣嗎？」

「是的。」

黃里惠充滿自信露出笑容。

「將輝先生，要不要試試看？」

這張笑容並不純真，令人感覺到古靈精怪的心機。雖然和她平常給人的印象不符，卻神奇地不會令將輝覺得抗拒。

「試試看？要試什麼？」

「要不要試著把我當成女友？我會使盡渾身解數，努力讓將輝先生把我視為異性愛上我。如果你覺得『果然無法把我當成戀愛對象』，你隨時拋棄我都沒關係。」

「可是這樣太不誠實了。」

「不誠實也沒關係。因為是我自己這麼希望的。」

「不，這……」

或許黃里惠想藉由既成事實擄獲將輝。

將輝也隱約有這種感覺。

而且出現「這樣也好」的心態。

「我知……」

「請稍等！」

但他正要說出「我知道了」的時候，一名少女以音量不太大卻相當強硬的語氣，從將輝的背後介入對話。

將輝冷不防嚇一跳轉身。

黃里惠睜大雙眼愣住。

「請等一下。」

重說一次的這名少女，身穿魔法大學附設第三高中的紅色制服。

「……………劉麗蕾……小姐？」

「…………蕾拉小姐？」

前者是黃里惠，後者是將輝的聲音。

如兩人所說，她是前大亞聯盟的國家公認戰略級魔法師劉麗蕾。由一条家的分家收為養女，如今歸化之後自稱一条蕾拉的少女。

「茜……連喬治也……」

隨著劉麗蕾現身的人影使得將輝愕然。

「茜，妳為什麼在這裡……？」

「我聽真紅郎哥說完之後很在意後續。」

「喬治！」

「……抱歉。」

道歉的吉祥寺避免和將輝四目相對。

「……茜，我說妳啊，明天也要上學吧？」

「在這個時代，金澤到東京算是一日生活圈喔。」

將輝以傻眼聲音質詢妹妹，茜卻完全不當一回事。

「不提這個，哥哥，小蕾好像有話想要對你說。」

「小蕾」是幾乎只有茜在使用，如今改名為一条蕾拉的劉麗蕾暱稱。

在妹妹催促之下，將輝就這麼坐在椅子上，整個身體重新面向蕾拉（今後統一以現在的名字來稱呼）。

蕾拉掛著非常不滿的表情。

「將輝先生。即使她本人接受，我覺得還是不可以這麼不誠實。」

「說……說得也是。」

「既然這樣的話，請和我交往！」

「咦……？」

蕾拉上句不接下句的發言，使得將輝目瞪口呆。

「既然要以這種理由交往，我覺得對象也可以是我！」

「不，等一下。」

將輝右手舉到蕾拉面前，左手抱著頭。

「……蕾拉小姐，妳認為試用女友很不誠實才會生氣對吧？」

將輝放下雙手詢問。

「是的。」

蕾拉看起來對於自己的言行不抱任何疑問。

「然後妳自己要當女友，這樣不矛盾嗎？」

「為什麼？」

蕾拉正經歪過腦袋詫異。

將輝好想再度抱頭。

「因為我是認真的。」

不過，蕾拉下一句話令他凍結。

「不是假女友。我的愛情是真的。」

「這方面我也一樣！」

跟不上事情進展的黃里惠，在危機意識的驅使之下站起來。

「……鶴畫小姐，妳冷靜。」

尷尬移開視線沉默至今的吉祥寺安撫黃里惠。

「引起大家注意了。」

大學生情侶與女高中生的感情糾紛——在其他客人看來肯定是這麼回事。

「那個，要不要暫時到此為止？這件事等改天有機會再繼續。」

「說得也是！就這麼辦吧！」

吉祥寺建議暫且讓這件事落幕，將輝有點搶話般同意。

然後將輝不使用桌上的結帳機，而是拿著桌號牌站起來，像是逃走般前往收銀檯——這無疑是「戰略性撤退」。

◇ ◇ ◇

七月五日，星期一早上。

許多學生交相往來的魔法大學校園。今天早上深雪身旁的身影不是達也，是莉娜。

圍著男學生的一群女學生，從深雪與莉娜的對面走過來。莉娜察覺將輝位於這群人中央，早早就暗自做好準備以便驅離。

「司波同學，早安。」

將輝以笑容向深雪打招呼。彷彿對莉娜視若無睹的這個舉動，和平常一模一樣。

不過，他沒說出以往總是接著說出的輕浮話語，在深雪打招呼回應之後就這麼擦身而過，離開兩人。

「……他發生了什麼事嗎？」

莉娜疑惑詢問深雪。

「天曉得？不過，或許是有什麼進展了吧。」

深雪轉過身去，稍微歪過腦袋。

她的視線前方是將輝，以及總是在將輝身旁的那名學妹。

在深雪眼中，兩人的距離看起來比上週近了一些。

The irregular at magic high school
Magian Company

失　戀 －CASE：光井穗香－

魔法大學二年級的七寶琢磨，在三年前——二〇九七年的二月，和當紅女星小和村真紀做了一個承諾。鎖定師族會議的炸彈恐攻害得許多平民犧牲，反魔法主義氣勢增長的狀況下，琢磨借用媒體的力量對抗（小和村真紀的父親是新興媒體集團的大老闆），代價是承諾會為真紀實現任何一個願望。（參考《魔法科高中的劣等生》第十八集）

一年前，真紀要求琢磨履行承諾。她的願望過於出乎意料，琢磨強烈抵抗到最後拒絕不了，在真紀遞出的合約書簽名。

到了上個月底，具體來說是二一〇〇年六月二十九日星期二，琢磨終於完成真紀的委託，在隔了一天的今天七月一日，久違放下肩上的重擔來到魔法大學上課。

（總覺得好久沒來了……）

面對魔法大學的正門，琢磨沉浸在深刻到連自己都覺得意外的感慨之中。進行小和村真紀的委託時也會來大學上課，不過那邊的工作遲遲跟不上進度，像是只能上第一節課或是只能從第三節開始上課，時間變得零碎的這種修課狀況持續至今。

因此這一年的成績不甚理想。如今終於可以專注於學業了。琢磨注入幹勁重新振作。

「七寶。」

許多學生疑惑看著停下腳步的琢磨從他旁邊經過。在這樣的狀況下，一名男生從後方叫他。

「早安，千川。」

搭話的是和琢磨同為二年級的第一高中校友。高一與高三的時候在九校戰的祕碑解碼和琢磨組隊，是琢磨在魔法大學最好的朋友。

「喔，早安。真稀奇啊。」

琢磨沒反問「什麼事」。

雖然不是琢磨的本意，不過最近這一年，他在從容趕得上第一節課的時間到校確實稀奇。

「……今天之後就不稀奇了。」

不知道是不服輸還是表明決心。琢磨好不容易做出能以這兩種方式解釋的回應。

「那麼，戲拍完了嗎？」

千川似乎從這句回應猜到了。他身為琢磨在大學最好的朋友，是知道琢磨參加電影拍攝的極少數人之一。

是的。女星小和村真紀的「願望」是發電影通告給琢磨。而且琢磨飾演的是年紀比真紀小的男友——也就是男主角。

毫無演藝資歷的新人在出道作品直接擔綱主角，而且是電影主角。這即使在經常跳脫世間常識的演藝圈也是一大特例。琢磨會畏縮也在所難免，應該說理所當然。以導演為首的劇組人員也反對起用琢磨，但是真紀堅持己見。

這當然是有原因的。這部新電影的劇本，是真紀預定起用琢磨和她演對手戲，請熟識的女性作家寫的原創故事。而且預定由琢磨飾演的主角，是在酷似現代社會的反烏托邦遭受迫害的青年魔法師。

這部電影的賣點之一是使用真正的魔法拍攝，除了琢磨還預定由多名魔法師（水準太低因而找不到魔法技能相關工作的不得志魔法師們）飾演台詞較少的配角或路人角色。

琢磨拗不過真紀的主要原因是要履行三年前的承諾，但他也希望成為不得志魔法師的助力。總之這部分也是真紀巧妙地投其所好。

到最後，「最大金主是真紀父親的公司」這一點成為臨門一腳，真紀的任性要求闖關成功。後來琢磨為了學習演員技能而進行兩個月的短期集中特訓，經過十個月的拍戲期間，在前天順利殺青。

「什麼時候會上映？」

「聽說是十二月。」

拍攝結束之後也還有後製工作，實際在電影院上映是大約半年後的事。

「年底嗎？是和其他大片競爭的時期耶。」

「我沒要當演員混飯吃，所以怎樣都沒差。」

「別這麼說，我一定會去看喔。」

老實說，琢磨並不想被熟人看見自己的拙劣演技。但他即使是開玩笑也說不出「不准看」這種話。共同演出的魔法師大多希望今後也能在影劇圈生存下去。為了他們，要是電影票房不好就麻煩了。

「拜託了。」

琢磨克制自己的情感，以他在電影學到的「看似真摯的表情」回應好友的激勵。

琢磨與千川並不是停下來交談。電影話題告一段落時，兩人抵達第一節課的大教室。

今天的第一門課是魔法刑法。內容是刑法之中關於魔法行使的特別規定。七寶家表面上的職業是擅長氣候衍生性金融商品的投資顧問業。預測氣象所需的魔法技能是由父親直接傳授。琢磨決定在大學學習經營公司與行使魔法所需的法律知識。一邊經營投資顧問業，一邊開設服務魔法師的律師事務所，是他藏在心底的野心。為了實現這個野心，疏於學業的這一年對他來說是情非得已。

「千川，最近有什麼變化嗎？」

距離開始上課還有一小段時間。琢磨向坐在旁邊座位的千川發問。

其實千川這個人是偵探也自嘆弗如的萬事通。大學裡的傳聞只要問他大多問得到，甚至連只在女生之間口耳相傳的傳聞都瞭如指掌。對於這一年左右沒能好好上學的琢磨來說是寶貴的情報來源。

「我想想，這週希爾茲學姊一直請假，『社長』都有來大學。」

「司波學長嗎？」

「社長」是這兩個月在大學裡傳開的達也綽號。在這之前為了和深雪區別，交情沒有好到能以名字稱呼的學生稱他為「男方的司波」或「不是公主的那個司波」——但這不是可以當面使用的稱呼方式。

至於深雪這邊為了和達也區別，交情沒有好到能以名字稱呼的學生稱她為「公主」、「公主大人」或是「雪姬」。當著本人的面直接使用這些稱呼的學生同樣很少。

「是啊。還是一樣你儂我儂如膠似漆。羨煞我也，可惡。」

——千川滿。將滿二十歲。現正徵求女友。

「……除此之外呢？」

同樣沒女友的琢磨總覺得不太自在，要求換個話題。

「喔，嗯，我想想……」

千川也沒有自虐的嗜好，所以認真在記憶中搜尋下一個話題。

「……大概從上上週開始吧。有個男的纏著光井學姊。」

「什麼？」

「不過好像沒被理會就是了。」

千川發出三流反派般的笑聲。思考到最後卻是這個話題，看來這個人的個性很差。

「……這個可憐的男人是誰？」

「我想想，他是誰啊……我也只隔著一段距離看過他，但我對他的長相有印象……啊啊，我想起來了。是高三在祕碑解碼交手過的九高小隊成員，名字記得叫做西位真友。」

「……那傢伙嗎？」

琢磨記得這個名字。

二〇九八年的九校戰祕碑解碼。琢磨率領的一高小隊雖然敗給文彌率領的四高小隊，卻在其他七場比賽全部獲勝，以單項積分第二名、總積分第一名的成績為高三夏天做結。

在祕碑解碼的單循環賽，和第九高中小隊的這場比賽，苦戰程度僅次於敗給四高的那一場。對上九高的這場戰鬥，最後是在一高的祕碑前面由擔任防守者的琢磨和對方的攻擊者單挑，琢磨好不容易戰勝之後落幕。當時九高的攻擊者就是西位真友。

「那個傢伙對光井學姊……」

雖說當時獲勝，不過西位真友對於琢磨來說是宿敵。聽到這名男性在追求穗香，琢磨感覺內心躁動不安。

「咦，什麼？七寶，難道你的目標是光井學姊？」

敏感解讀七寶表情的千川笑嘻嘻開口詢問——不對，是消遣。

「不是那樣。」

七寶擺出撲克臉冷淡回答……他自己這麼認為，卻很難說他掩飾得很好。

千川在這時候沒有追擊，並不是基於「武士的憐憫」。

「喂，七寶，說人人到。」

其實穗香與雫也有選這門課。琢磨刻意坐在比較遠的座位，所以不知道穗香她們是否察覺，但是琢磨確實認知到穗香的存在。

一名高個子男學生走向穗香的座位。雖說是高個子，不過一八〇公分左右在這個時代不算是特別高，是因為臉小又偏瘦，所以看起來比實際上高。此外現代的風潮傾向於肩膀寬的男性容易受到異性喜愛，所以「小臉又修長」不一定會成為優勢。

「……瞧他一副拈花惹草的態度。他原本是那種傢伙嗎？」

看見真友對穗香裝熟的舉動，琢磨板起臉。

「別氣別氣，總之繼續看吧。」

千川安撫差點起身的琢磨。

仔細一看，穗香雖然露出親切笑容，卻隱約看得出她在為難。順帶一提，坐在穗香旁邊的雫不知為何看都不看真友一眼。

最後，穗香掛著親切的笑容搖了搖頭。

西位真友看起來沒有垂頭喪氣，而是很乾脆地撤退，像是將棋的桂馬步法般坐在旁邊兩格、後方一格的座位。

即使如此，依然坐得比琢磨距離穗香還近。

◇◇◇

千川曾經問琢磨「難道你的目標是光井學姊」，這個指摘雖不中亦不遠矣。

琢磨注意到穗香，是在剛就讀第一高中，琢磨在通稱「社團聯盟」的課外活動聯合會，被學長十三束鋼施以鐵拳制裁的那時候。

關於當時挨揍，琢磨現在已經接受是自己的錯。不對，說「現在」會招致誤解。在那之後，琢磨的傲氣受到重挫，理解到自己的言行舉止多麼不知天高地厚又旁若無人。他在那個時間點就承認自己不對。

但是挨揍當下的琢磨不知道自己為什麼遭受這種下場。他被「主觀」的不講理擊垮時，只有穗香向他伸出援手。雖然僅止於此，當時的印象卻深深刻在琢磨內心。

只不過，他至今沒更進一步也是有原因的。

三年前，琢磨對穗香做錯一件事。

說得詳細一點，那是二〇九七年一月上旬的事。

達也與深雪的婚約公布，穗香大受打擊的時候，琢磨對她做出像是乘虛而入的行為。

琢磨自己不是故意做出這種卑鄙行為，只是不忍心看見穗香悲痛欲絕。不過在旁人，尤其是穗香朋友的角度來看，他只像是想趁機追求剛失戀而心碎的穗香。雫當時就明確這麼說。受到責備之後，琢磨自己也承認看起來是這樣沒錯。

因為這段帶著罪惡感的記憶，所以琢磨沒能對穗香更進一步。

至今有著「穗香還沒放棄達也」而安心的一面。達也不可能被穗香打動內心。

只要穗香繼續追求達也，就不會落入其他男人之手——琢磨以這種卑鄙的盤算安慰自己。

但是既然出現情敵，就不能說得這麼悠哉。只是琢磨還不知道自己對穗香的想法。單純只是那段心動的記憶縈繞於心？還是對她懷抱戀愛情感？

（——要先從正視自己的心意開始嗎？）

（不過即使要正視，光是一個人猶豫苦思也沒有結果。）

琢磨決定展開行動。

◇◇◇

上午課程結束之後，穗香匆忙收拾隨身物品起身。

「雫，我先走了。」

「我認為不可能的。」

穗香沒聽到雫輕聲說出的這句回應。雫說出「不可能」的時候，穗香已經背對她了。

目送穗香的背影消失在走廊之後，雫輕輕搖頭，緩慢起身。穗香急著要做的事情，雫用不著重新確認。穗香是要——

「北山學姊。」

背後忽然有人叫到名字，雫轉身確認。

「七寶。」

搭話的是第一高中小一屆的學弟。

雫感到意外，卻不覺得驚訝。她知道琢磨選擇專攻魔法法學。雫不是特別關心而調查，是從一高校友的情報網自然傳入她耳中。

那麼琢磨在這間教室也不奇怪。因為即使不是為了穗香而來，專攻魔法法學的人都應該在二或三年級修完這門課。

不過他現在搭話，應該是為了穗香的事。肯定是原本想叫住穗香卻來不及——雫如此斷定。

「穗香應該在學校餐廳喔。」

「我不是有事要找光井學姊。」

雫歪過腦袋。除了穗香的事情以外，她猜不到琢磨為何前來搭話。

「啊，不對。我想商量的是光井學姊的事。」

「穗香的事，找我商量……？嗯，好啊。」

雫疑惑蹙眉，但是沒思考太久就答應了。

「等我一下。」

雫取出行動終端裝置，電筆（電子筆）在畫面遊走。大概是要寄電子郵件吧。

「——跟我來。」

雫將電筆放回終端裝置的筆套，將終端裝置收進包包，同時背對琢磨踏出腳步。

雫帶著琢磨來到校園的地下停車場。

「上車。」

雫坐進有司機（不是自動駕駛）的大型自動車，在車上向琢磨招手。

「請隨便繞圈十分鐘左右。」

看著琢磨上車，車門自動關閉之後，雫向司機這麼下令。

司機回應「遵命」的同時，自動車靜靜起步。

「所以？」

「啊？那個……」

琢磨因為出乎預料的進展而不知所措，雫像是在問「你不懂嗎？」嘆了口氣。

「如果是不想被人聽到的事情，在車上說是最確實的。」

在琢磨眼中，雫的行動看起來很古怪，卻有著令人接受的合理性。甚至令琢磨心想「我為什麼不懂……」忍不住差點抱頭。

「所以快點說吧。」

雫無視於琢磨的這份心情催促他。不，說不定這是避免他陷入尷尬心境的貼心之舉。

「……北山學姊還記得嗎？我曾經被學姊罵過一次『爛人』。」

雫稍微歪過腦袋。她發出「唔～……」的聲音，大概是在搜尋記憶吧。

思考約十秒，雫輕聲說「啊啊，是那個」。

「我記得。」

然後給予琢磨肯定的回答。

「我認為當時的我，即使被罵『爛人』確實也在所難免。」

「所以？」

「現在的話沒問題嗎？我最近很少來大學，不知道光井學姊現在的狀況。原本我認為應該觀望一陣子，但我不希望因而後悔莫及。」

「你想追求穗香？」

「是的。光是獨自煩惱的話，我連自己真正的心意都不清楚。」

「你說的『後悔莫及』是西位學弟的事？」

「說來丟臉，我今天才知道西位在光井學姊身邊亂晃。」

「這樣啊……」

雫的表情乍看沒有改變。不過如果是穗香的話，應該會察覺她嘴角微微上揚。

「照你的想法去做就好。我是穗香的朋友，但我還是覺得自己沒道理插嘴。」

雫說出冷漠的話語。但是她的聲音並不冰冷。

「說得……也是……」

只不過如雫所說，期待她助攻確實不合理，所以琢磨沒有繼續央求。

「七寶。」

「請問有什麼事？」

「你喜歡穗香嗎？」

「我想先確認這一點。」

「這樣啊……」

聽到琢磨的回答，雫露出稍微看得出來的微笑。

◇ ◇ ◇

雫在地下停車場和琢磨道別，到學校餐廳入口和穗香會合。

「雫，妳去了哪裡？」

「見到達也同學他們了嗎？」

對於穗香的詢問，雫不是回答，而是以另一個問題回應。

「不，沒找到。」

「看妳意外地灑脫耶？」

如雫所說，穗香的態度看起來不太惋惜。

「沒那回事。原本想說今天一定要一起吃飯……」

嘴裡這麼說的穗香，看起來果然不像她自己說的那麼失望。

「不然邀請達也同學舉行晚宴吧？」

被湧上胸口的突兀感刺激，雫不禁說出內心的計畫。此外，「晚宴」這個形容絕不誇張。雫從父親那裡獲得強大的裁量權，方便以恆星創能股份有限公司大股東的身分活動。

「唔，好了啦，我自己努力看看。」

這句「好了啦」不是贊成，是「不需要」的意思。

「而且如果是晚宴這種形式，肯定很拘束。」

（——穗香對達也的執著果然淡化了。）

雫如此心想，卻不知道原因。

無法判斷這個變化對於穗香來說是好是壞。

「不提這個，雫，妳沒回答我的問題。妳剛才在做什麼？」

「接受戀愛諮詢。」

雫走向配膳櫃檯，同時誠實說出簡潔的回答。

「咦？雫，妳被表白了？」

「是諮詢。」

所以不是我。雫以言外之意否定。

「啊，這樣啊。那麼是誰？」

「祕密。」

「別這麼說，告訴我啦。」

「不行。這是敏感情報。」

「『敏感情報』是這個意思嗎……？」

「總之不行。」

「小氣～～」雫聽著穗香這句抗議，祈禱穗香的變化對她本人來說是好事。

◇◇◇

穗香是一名凹凸有致，身材傲人的美女。成為大學生，脫掉制服換上便服之後，她的好身材更加顯眼。

或許該說正因如此，所以追求穗香的男學生其實很多。不過酉位真友之所以接近穗香，並非因為她是身材姣好的美女。

那麼是什麼原因？

契機在於親近感。

日本的現代魔法師存在著名為「元素家系」的一派。魔法師開發計畫初期，打造現今十師族的魔法師開發研究所開始運作之前，世界還沒確立四系統八大類之現代魔法架構的那時候，依循自古以來的常識，基於傳統屬性「地、水、火、風、雷、光」進行分類，被認為是有效的做法。依照這個概念開發的就是「元素家系」的血統。

元素家系是針對特定事象強化干涉力的魔法師。換句話說，能輸出特定類型之事象干涉力＝靈子力的靈魂，易於寄宿在這種魔法師的軀體。

除了魔法師正常擁有的左右對稱骨架，元素家系各自具備身體上的特徵。

例如「火」之元素家系的深層肌肉發達，淺層肌肉較難生長。「水」的體脂肪率不問男女都偏低。「地」的骨質密度高，因此骨骼不會變粗（沒必要變粗）。

至於「光」則是性荷爾蒙分泌偏多。男性的話是鬍鬚與體毛濃密，肌肉易於生長等等。女性的話是胸圍與臀圍發達，身上沒有雜毛等等。

真友在高一的時候沒參加九校戰，也沒去加油，所以不認識高中時代的穗香。因為選修課程的關係，大學一年級的期間也沒見過穗香。

他到了二年級才首次近距離看見穗香，而且立刻知道穗香是「光」的元素家系。即使體型的女性特徵明顯，也不一定是元素家系，但是真友憑著直覺就能辨識。因為他也是元素家系。

西位真友的屬性＝象徵元素是「風」。「風」之元素家系的外表特徵在於脖子較長，耳廓較大，非常好認。實際上真友的外貌就是這樣。他的臉看起來很小，主要是因為脖子長，所以給人的印象比實際上更明顯。此外耳廓雖然大卻是細長形，很像是奇幻電影裡「精靈族」的形象。

剛開始是因為同樣是元素家系，真友希望穗香也知道他是「風」，基於這個興趣接近穗香。但他立刻成為穗香魅力的俘虜。認真起來的他，也立刻查出達也這個「情敵」的存在。

魔法大學的學生好歹是魔法界的一分子，都知道司波達也這個名字。他的實績遠勝於別人。新成為國家公認戰略級魔法師的一条將輝，好不容易才在知名度和他比肩。不過基於恐怖——連自己人都心存畏懼的意義來說，達也比將輝強了好幾級。

一旦知道對手是司波達也，大部分的學生都會放棄。但是真友沒退縮，反倒想要從「得不到回報的戀情」救出心上人而燃起鬥志。

穗香再怎麼冷漠以對，西位真友依然不屈不撓。「風」有著反覆無常的形象，不過他的姓氏「西位」是「西之方位」，也就是意味著「西」。他是「西風」，如同風向總是固定的西風帶般專情。

連司波達也這個名字也不怕的西位真友，對於七寶琢磨來說肯定是棘手的勁敵。

星期五的午餐時間，琢磨立刻開始行動。

「司波學長、光井學姊，方便一起坐嗎？」

達也、深雪與穗香同桌而坐時，琢磨前來搭話。看三人餐盤的內容物幾乎沒減少，應該是剛開始用餐沒多久。能夠在這種狀況搭話，可說是因為大家都相互認識，是學長姊與學弟的關係。

「七寶，好久不見。」

達也首先回應琢磨。

「說得也是。好久不見。」

「那份工作結束了嗎？」

達也知道琢磨參加電影拍攝。因為小和村真紀想在演藝圈打造魔法人就業機會的這個構想，達也也出了一些力。

「是的，上個月底結束了。」

知道這一點的琢磨，不慌不忙點頭回應達也的問題。

「七寶學弟，抱歉久違難得見面，可是……」

接著穗香像是懷抱歉意般向琢磨開口。

「啊啊，難道北山學姊預定會來嗎？」

這張桌子是四人桌，只有一張椅子沒人坐。

「嗯，是的。」

「知道了，那我等下次有機會吧。」

琢磨很乾脆地撤退。老實說，他是明知如此還詢問是否可以共桌。證據就是放著餐點的托盤一直在他手上，沒放在桌面。

「對不起喔。」

因為拒絕而產生罪惡感，讓穗香意識到「欠你一次」。琢磨是為此而這麼做。

「沒關係，我不在意。」

琢磨露出拍電影時學會的爽朗笑容，走向其他座位。

這天不只是午餐時間，在下午課程的空檔以及下課之後，琢磨都持續嘗試接近穗香。

◇　◇　◇

七月三日星期六的魔法大學，上午的課結束之後，前去吃午餐的學生使得校園熱鬧不已。雖然人口密度沒有高到擁擠的程度，不過人潮並非前往單一方向，所以雜亂的印象相當強烈。

第二節是實驗課的琢磨（如果套用文組與理組的分類，琢磨專攻的是文組，不過兩者都必須上魔法學的實驗課）從靠近北門的實驗大樓來到幾乎位於校園中央的學校餐廳。然後他在學校餐廳入口附近發現環視周圍的穗香。

雫不在穗香身旁。大概是穗香又把她留在教室吧。

「光井學姊。」

琢磨正要開口叫穗香之前，從另一個方向接近穗香的男學生開口叫她。是西位真友。

「妳現在正要吃午餐吧？要不要一起吃？」

「咦，可是……」

琢磨知道穗香猶豫的原因。

「光井學姊，司波學長剛才從北門出去了。」

琢磨毫不客氣介入穗香與真友的對話。

「七寶學弟。」

穗香轉過身來。另一頭的真友板著臉，但是琢磨完全不以為意。不，這反而如他所願。

「北山學姊沒和妳在一起嗎？」

「雫？我想她應該快來了。」

「既然這樣，我們先去占位子吧。」

琢磨向穗香說完看向真友。

「西位同學也要共桌嗎？」

突然被琢磨搭話，真友露出中了冷箭的吃驚表情。

「……你是前一高的七寶同學吧？」

真友也記得曾在兩年前打得難分難解的琢磨。

而且他看一眼就理解了。

「光井學姊不在意的話，請容我共桌吧。」

理解到琢磨是情敵。

「那……那個，兩位……？」

兩人突然開始迸出火花，穗香難掩困惑。

「……這是在做什麼？位子會被坐滿喔。」

來到這裡的雫以傻眼聲音吐槽。

琢磨與真友露出愧疚表情，出動尋找空位。

◇◇◇

「穗香，妳很搶手耶。」

「真是的……雫，拜託不要逗我啦。」

場所是北山家的雫房間。穗香現在以同住護衛的身分住在北山家。兩人現在隔著桌子相對，正在一起寫研討會的報告。不過正確來說是正在寫報告的空檔喝茶休息。

「抱歉。但我覺得他們兩人不是在捉弄妳。」

「這……」

這我知道。穗香這句話只說到一半。

「穗香，妳看起來也不太抗拒吧。」

面對結巴的穗香，雫毫不客氣。

「……我不抗拒被人討好。感覺可以建立身為女人的自信。」

穗香以不感內疚的語氣回答。「雫也是這樣吧？」她補上這一句。

「現在不是在說我，也不是在說這種話題。」

「雫，妳想說什麼？」

感覺雫的態度有點纏人，穗香皺起眉頭。

「不怕被達也同學誤會嗎？」

「達也同學不會誤會啦……」

軟弱的語氣證明穗香自己也不相信自己這句話。

「回想起來，穗香從年初那時候就怪怪的。」

雫不計較這種細節。她的疑惑與突兀感不是最近才養成的，是從更早之前感受到這個根據。

「做作的追求，輕佻的表現。像是在扮演一個讓男生敬而遠之，被女生討厭的典型『麻煩』女人。妳這種不自然的舉動，看起來令人覺得想被達也同學甩掉。」

「好過分！既然這樣，妳明說就好吧！」

在雫如此指摘之後，連這段抗議也令穗香覺得空虛。

「我說過好幾次喔。說這樣不適合妳。」

「……是嗎？」

「在我們獨處的時候，我也不只一兩次忠告過『這樣不適合妳，所以應該停止這麼做』。」

「…………」

穗香終於也無法裝傻了。

「欸，穗香。我已經看不下去了。」

緊咬牙關的穗香口中，發出近似呻吟的呼氣聲。

她的雙眼泛淚。

「對不——」

「對不起！」

雫連忙要道歉時，穗香的道歉和她的話語重疊。

「對不起。對不起讓妳擔心了。對不起……」

穗香雙手掩面哭泣。

雫站起來繞過桌子，將穗香的頭摟入懷中。

「雫說的沒錯。」

停止哭泣的穗香，朝著再度坐在正對面的雫輕聲坦承。

「我希望達也同學甩掉我。」

「為什麼？」

雫的語氣沒有責備的成分，只是在表達疑問。

「去年底，我忽然在想……」

穗香以與其說平穩更像是缺乏情感的聲音，說出隱藏至今的心情。

「我在想，自己要繼續做這種事多久。」

「……覺得難受了嗎？」

雫發問的聲音，聽起來比穗香還要難受。

「不是。」

穗香搖了搖頭。

「該怎麼說……我覺得，好像和我原本想的不一樣。」

「不一樣？」

「我原本以為我的戀愛會更痛苦一點。因為不管去哪裡，達也同學的第一順位都是深雪，不會把我當成異性看待，甚至不會懷抱情慾。可是我察覺這樣一點都不難受。」

「這樣啊……」

「嗯，是的。我非常喜歡達也同學，但是我察覺自己的『喜歡』，或許是和戀愛不同的另一種『喜歡』。」

「…………」

「可是這樣的話，不就會很不甘心嗎？」

「咦？」

穗香這句話的語氣突然變得灑脫，雫頭上冒出一個大問號。

「我明明確實戀愛了，卻不知何時變得不是戀愛。我明明一直在戀愛，但是或許從一開始就是我的誤解。」

「……不是誤解。妳一直愛著達也同學。」

「雫，謝謝妳。可是啊，我失去自信了。」

「…………」

「身為戀愛中的女性，在戀心失去自信的時間點就輸了吧？」

「……沒這回事。」

「不，就是這樣。」

穗香大幅搖頭。

「沒被甩就輸掉，簡直是不戰而敗吧？還是提前結束比賽？這我覺得無法接受。」

穗香用力握拳應該是下意識使然。

她醞釀出莫名好戰的氣息。

「要失戀的話，希望可以好好被甩。我是這麼想的。」

穗香斷然這麼說。

「不只是我，我也希望達也同學明確做出結論。」

接著立刻補充這一句。

這是率性的說法。

「……達也同學會很頭痛的。」

至少雫這麼覺得。

「我覺得這種程度的任性應該無妨吧。」

穗香自己也覺得是「任性」，使得雫不經意鬆了口氣。

「……穗香，還要繼續嗎？」

場中隱約洋溢「這個話題就此結束」的氣氛，雫打破沉默詢問穗香。

「該怎麼做呢……老實說，我也覺得已經夠了。」

雖然語氣不以為意，穗香眼中卻有著千真萬確的迷惘。

「到此為止比較好喔。」

雫的回應沒有迷惘。

「為了被甩而扮演無聊的女人，這太荒唐了。」

「唔～～……可是如果在這時候停止，該說一切都會白費嗎……」

「反正只會白費的。」

「咦～～？」

「想要隨心所欲操縱達也同學，連深雪也肯定做不到。」

聽到雫如此斷言，穗香嘆了好長一口氣。

即使如此，不過就雫來看，穗香還是無法下定決心停止。

「——穗香，我有個提案。」

「什麼提案？」

穗香朝雫投以期待的眼神。

「要不要拜託達也同學？率直對他說『請甩掉我』。」

這個提案乍聽之下莫名其妙，穗香卻沒有劈頭否定。

反倒露出「這是盲點」的表情。

「老實說這不算是上上策。反正小伎倆對達也同學不管用，所以最好是真心話硬碰硬。」

「想要為這段戀情做個了斷，所以請甩掉我。這樣嗎？」

雫點點頭。

「可是這樣看起來不會很蠢嗎？」

「為了被甩而扮演窩囊女人的做法笨得多喔。」

「好過分。不過，或許吧……」

穗香煩惱的時間不長。

「——嗯，我知道了。我去拜託達也同學看看。不過他可能會傻眼吧。」

「這是一定的，他想必會傻眼吧。」

「雫……」

「不過包括妳和達也的關係，以及妳和深雪的關係，肯定都會朝著好的方向進展。」

「說得也是。」

穗香轉而像是放下執著般笑了。

◇　◇　◇

二一〇〇年七月五日，星期一。

來到魔法大學的深雪身旁，有著莉娜的身影。

在正門前面等待達也的穗香與雫打招呼回應兩人之後，隨便謊稱要忙別的事情，目送深雪與莉娜進入校內。

「達也同學他……」

「……看來請假。」

穗香與雫在轉頭相視的同時嘆氣。

「光井學姊！」

此時正門內發出一個爽朗高亢的聲音。是七寶琢磨。

「光井學姊！」

背後的人行道傳來像是在對抗琢磨的聲音。是酉位真友。

「總之等到達也同學來大學再做個了斷，在這之前先享受戲弄學弟的壞女人遊戲吧？」

雫以正經八百的表情向穗香提案的內容，聽起來只像是在開玩笑。

「居然說遊戲……我才不要。當壞女人好麻煩。」

穗香打從心底抗拒般回答。

不過琢磨與真友像是競走般迅速接近之後，穗香露出親切的笑容說著「早安，七寶學弟」、「早安，西位學弟」分別向兩人打招呼。從她身上絲毫看不出沒見到達也的失望心情。

看著巧妙應付學弟的穗香，雫悄悄嘆氣。

（……穗香充分具備壞女人的天分喔。）

雫在心中如此低語。

（……不過即使是穗香，也必須要先清算自己對達也同學的心意，才能談新的戀愛。）

但她立刻重新認為「這是在所難免」。

（來得正不是時候喔，你們兩個。）

雖然同情琢磨與真友，不過請你們暫時擔任穗香發洩鬱悶的對象吧——思考這種事的雫，或許更具備壞女人的天分。

正篇終章：回國者們

七月五日，星期一。

前天，從ＵＳＮＡ回國的真由美與遼介只在昨天請假一天，就回到通稱「魔工院」的魔法工業技術專門學院上班。此外真由美昨天就從老家返回伊豆的員工宿舍。

不過兩人今天預定的工作只有一件。向達也報告赴美的成果之後，今天就可以下班了。而且兩人幾乎不必等待。

「各位早安。」

達也在早上九點來到魔工院。

「常務早安。」

達也來到事務室露臉，真由美起身打招呼回應之後，同一句話在室內重複。遼介當然也慢半拍跟著真由美站起來向達也道早安。

「七草小姐、遠上先生，準備好之後請來理事室。」

達也立刻要求報告。

「知道了。」

真由美鞠躬回應，達也向她點頭之後離開事務室。

達也坐在辦公桌後面約十分鐘後，他的辦公室「理事室」有人敲門。

「我是遠上。和七草小姐前來進行出差報告。」

「請進。」

達也說著遙控打開門鎖。

然後遼介與真由美說著「打擾了」入內，達也起身迎接。

「請坐那裡。」

邀兩人坐在會客區的沙發之後，達也先坐在正對面。

真由美轉頭和遼介相視，遼介以眼神讓位請她先坐，自己也隨後坐下。

達也看向兩人。

真由美回應他的視線開口。

「向您報告。FEHR代表人蕾娜・費爾小姐，希望在和魔法人聯社合作的前提之下和常務對話。」

「和我？不是和代表人錢德拉塞卡博士？」

「我也這麼問過蕾娜・費爾小姐，她表示希望和常務會談。」

「這樣啊……」

達也默默思考片刻。

「確保對方的連絡方式了嗎？」

他詢問真由美。

「是的，在這裡。」

真由美取出行動終端裝置顯示電話號碼與電子郵件網址。前者是衛星電話的號碼。

達也注視畫面約三秒，回應「我知道了」微微點頭。對於過目不忘的他來說，這樣就夠了。

「此外還有應該特別提及的事嗎？」

「有。」

真由美的回答有點出乎意料。比起「有」這個回答本身，她不加思索的模樣更令人意外。

「喔？什麼事？」

達也沒隱瞞好奇心發問。

「我和一位懷念的人重逢了。是當年在一高擔任輔導老師的小野遙老師。」

「小野老師嗎？聽說她已經辭職離開一高了。」

老實說，達也知道稍微深入一點的隱情。

小野遙是警察省公安廳的祕密調查官——也就是公安的間諜。她自己說「輔導老師是正職，間諜工作是不情不願被逼的」，但是看她深入諜報黑暗面的程度，這種戲言已經說不通了。

所以兩年前，公安廳旗下間諜勢力發生嚴重鬥爭的時候，遙不容分說被殃及。這場騷動甚至演變成國內的暗殺會戰，她為了逃離這場風波，在一年半前拜託曾經是師徒關係的八雲藏匿她。她逃離東京之後去了哪裡，達也也不知道具體的下落，看來她不知何時橫越太平洋了。

「她現在在做什麼？」

「聽她說正在西雅圖的偵探事務所工作，好像剛好接了FEHR的委託。」

「這樣啊……」

遙到底接下什麼樣的委託？達也不是單純基於興趣或好奇心，覺得應該知道這件事。包含前後的隱情在內，達也認為應該收集情報。

◇　◇　◇

莉娜比真由美他們晚一天，昨天剛回到日本，但她無視於時差來到魔法大學上課。

上週六之後就沒來過校園了。雖然空窗期只有短短一週，卻發生了她不知道的各種大小新聞與變化。

「……尤其是將輝簡直換了一個人。他的心境究竟發生什麼變化？」

從擁擠的學校餐廳早早撤退到研討會教室休息的莉娜，詢問同樣來教室避難的深雪。

「我也不知道詳情。因為是從今天早上突然變成那樣的。」

「是喔……週末發生了什麼事嗎？」

「不提這個，莉娜。請假的這段期間，妳那邊沒發生什麼事嗎？」

畢竟也因為昨天剛回國，所以達也與深雪都還沒聽莉娜詳細說明。在他人耳目這麼多的地方當然不方便說，不過深雪心想，總之至少先確認是否沒什麼大問題。

「啊～～……哎。發生了各種事。回去之後再說吧。」

而且看來在海的另一頭發生了必須問清楚的問題。

今晚大概會是漫漫長夜。深雪如此心想。

◇ ◇ ◇

向達也報告完畢的真由美按照預定計畫早退，但遼介留在魔工院。

在就任為學院長的八代隆雷指示之下，遼介進行系統化的工作，不過在下午四點出頭，他要求單獨和達也面談。

再度前往理事室的遼介受邀坐在沙發卻沒照做，而是站在達也的辦公桌前方。

「有什麼不能讓七草小姐聽到的事情嗎？」

達也出言試探遼介。

「這也是原因之一，不過那裡剛才是深夜。」

「原來如此。在等那裡天亮是吧。」

遼介的話語缺乏具體地名，不過達也正確理解到他說的「那裡」是溫哥華。

「打電話就好嗎？」

「不，請您稍待片刻。」

遼介搖頭回應達也的問題，然後閉口不語。

即使要求面會的是遼介，他卻沒說明來意。

但是達也免於苦惱太久。

他立刻明白遼介為什麼要求一對一面會。

遼介身旁出現模糊的人形煙霧。

煙霧迅速具備色彩與輪廓，成為人的形體。

達也看一眼就理解了。這是系統外魔法「幽體脫離」形成的虛像。

透光般亮棕色的頭髮，琥珀色的眼睛。

看起來比達也小五歲左右，外表像是國高中生的「少女」。容貌符合這些條件的人物姓名，立刻浮現在達也腦海。

『司波先生，初次見面。未經允許就突然叨擾，請原諒我的無禮。』

幽體發出的心電感應傳到達也的表層意識。

『我是蕾娜・費爾。擔任ＦＥＨＲ的代表。』

少女幽體自報的姓名，正是達也想到的那個名字。

『司波先生。關於我們現在面對的困難，請您務必聽我說個分明。而且可以的話，請您助我一臂之力。』

以意念傳來的話語，沒有走投無路到懇求協助的感覺。但是從「聲音」也聽得出她現在沒什麼餘力。

「這樣剛好。我也正想知道那邊的詳細狀況。」

聽到達也的回應，蕾娜的幽體露出鬆一口氣的表情。

「請妳先說明吧。哪裡聽不懂的話，我會發問。」

『知道了……事情的開端是先生您也知道的ＦＡＩＲ派遣調查隊前往沙斯塔山。』

然後蕾娜將ＵＳＮＡ已經發生以及即將發生的事情，加上她自己的推測向達也說明。

後記

為各位獻上《魔法人聯社》第三集。

各位覺得如何？看得愉快嗎？

這本第三集是以一半正傳、一半外傳所組成。

《魔法人聯社》定位為《魔法科高中的劣等生》的續篇，所以登場人物也有連續性。只不過無法讓所有登場人物參與劇情。故事的舞台不同，所以上一部的班底角色在這一部沒機會登場的狀況當然會發生。而且即使有機會登場，和主線關連性不大的角色也可能無法深入描寫。收錄在這本第三集的兩篇外傳就是填補這種縫隙的嘗試。只要評價不差，今後也會以短篇的形式在正篇插入這種劇情。

寫這篇後記的時間是西元二〇二一年七月底。現在Covid-19的蔓延極度嚴重。簡直是爆發性的傳染。我開始擔心這種嚴重的狀況是否真的可以平息。

疫苗是否有效，治療藥是否完成，現在的我不得而知。日本用來集體接種的疫苗應該有效，卻無法保證今後不會出現疫苗無效的變異株——我無法拭去這種毛骨悚然的恐懼。

減少人潮真的能減緩傳染速度嗎？如果這是真的，那麼學生應該停止社團活動，下課之後就回家。上班族應該避免加班準時回家。窩在家裡閱讀、玩遊戲、打開電視收看運動賽事、動畫或是電視劇度過閒暇時間。和他人的交流改在網路上進行——這種生活形態才是正確解答。

換句話說，御宅族正是最適應這個時代，現代人應有的樣貌。依照某種說法，「御宅族」這個詞來自某動畫角色將「貴府上」的漢字「御宅樣」縮減為「御宅」當成第二人稱使用，逐漸在粉絲之間傳開。如同「御宅族」的意思逐漸演變為「窩在自宅過生活的人」，只要大家多多待在家裡不出門，Covid-19的蔓延肯定也會平息——前提是減少人潮真的可以減緩傳染速度。

或許Covid-19會成為改變日本社會形態的契機。在大都市，人們為早晚的客滿電車所苦。在鄉村，電車與公車都是一小時一班，某些地方甚至沒有電車與公車，被迫過著不便的生活……總之，我對這樣的現狀有很多話想說，不過就此打住吧。再說下去會成為政治話題。

不過如果只用網路就能處理的事情範圍擴大，大眾交通工具或是道路整修相關的問題應該會朝著解決的方向邁進一大步。像是拿購物這一點來看，只要網路真的好好發展，或許也能解決商店街鐵捲門深鎖的問題吧。大約在二十年前，記得NTT在宣傳光纖網路的時候就拍過這種電視廣告。要是人們物理上的行動半徑縮小，日用品依賴附近商店配送的「常客登記制」行商文化，我覺得也很可能復活。畢竟只要無現金交易普及，配送販售時最頭痛的身上現金過多以及找錢問題肯定都能解決。

希望務必將這場國難活用在正面方向。

哎，這種大問題先放在一旁，總之我想說的是下一句話。

各位，待在家裡看書吧。

……總之，後記以自私自利的這句話收尾（收得還可以吧？）。依照預定計畫，本書出版的時候，動畫《追憶篇》的製作時程肯定差不多敲定了。除了《追憶篇》的動畫，應該還會公開十週年企劃的情報，敬請期待。

第四集將是這次刻意跳過的部分，也就是真由美、遼介與莉娜待在美國期間的劇情。主要舞台是美國西部，但是不只赴美組，留日組也會好好活躍，請各位放心。

此外接下來預定出版的是《天鵝座的少女們》第三集。這集的氣氛可能會和前兩集不同，請各位多多指教。

那麼，本次就寫到這裡。謝謝各位閱讀本作品。

（佐島 勤）

（註：以上為日本方面的情況。）

©Neru Asakura 2021 Illustration: Sawayaka Samehada / KADOKAWA CORPORATION

與其喜歡他，不如選我吧？

作者：アサクラ ネル　插畫：さわやか鮫肌

即使她有喜歡的男生我也要攻略她
臉紅心跳的百合戀愛喜劇揭開序幕！

從小就認識的少女堀宮音音有了喜歡的男生。雖然同是女生，但水澤鹿乃喜歡音音。不知不覺間，音音在鹿乃心中的地位已不只是單純的摯友。儘管如此，鹿乃在百般煩惱後的結論卻是：「就算得不到她的心，也還有機會得到她的身體……！」

NT$220/HK$67

©Sunsunsun, Momoco 2021 / KADOKAWA CORPORATION

不時輕聲地以俄語遮羞的鄰座艾莉同學 1~2 待續

作者：燦燦SUN　插畫：ももこ

艾莉與政近搭檔競選學生會長的祕密對話中
艾莉脫口說出的俄語令她事後嬌羞不已!?

「喜……喜歡？我說了喜歡？」「『在妳身旁扶持』是怎樣？啊啊～～我真是噁心又丟臉！」艾莉與政近於黃昏時分在操場的祕密對話中，說好要搭檔在會長選舉勝出。事後兩人卻相互抱持糾結的情感……和俄羅斯美少女的青春戀愛喜劇第二彈！

各 **NT$200~220/HK$67~73**

©Isuna Hasekura 2021 / KADOKAWA CORPORATION

狼與辛香料 1~23 待續

作者：支倉凍砂　插畫：文倉 十

賢狼與前旅行商人幸福生活的第六集開幕！
羅倫斯獲贈貴族權狀的土地竟暗藏內情!?

拯救為債所苦的薩羅尼亞，寫下一段足堪載入史冊受人傳頌的佳話後，賢狼赫蘿與前旅行商人羅倫斯接受了村民的餽贈——一張人見人羨的貴族權狀。到了權狀所屬的土地實地勘查，發現那竟然是一塊曾有大蛇傳說，暗藏內情的土地？

各 **NT$180~250/HK$50~83**

©Isuna Hasekura 2021 / KADOKAWA CORPORATION

新說 狼與辛香料

狼與羊皮紙 1~7 待續

作者：支倉凍砂　插畫：文倉 十

重新啟用教會封禁的印刷術
竟是糾彈教會的關鍵!?

寇爾和繆里重返勞茲本，發現海蘭與教廷的書庫管理員迦南已等候多時。迦南有意進一步向世人推廣「黎明樞機」寇爾的聖經俗文譯本，打算重新啟用教會封禁的印刷術，但遭到教會追緝的工匠開出的幫忙條件居然是「震撼人心的故事」——？

各 **NT$220~300/HK$70~100**